バケモノの子

細田 守

プロローグ

『……おめえらは本当に困った奴らだな。そんなにあいつのことが知りたいか。そりゃあ確かにあいつのことは、おれたちがよおく知っている。だがな、聞かせてくれと鶏《とり》の丸焼きみてえに半開きの口を並べられても、はいそうですかと簡単にべらべら喋《しゃべ》れるようなもんじゃねえ。いいかい。おれたちにとっちゃな、あいつは特別なんだ。他の奴らとは違う、まるで別格な奴なんだよ。そんなあいつとの大事な思い出を、なんでおめえたちみてえな突然やってきたはなたれに話して聞かせなきゃならねえんだ？　帰《けえ》んな。ホラ、帰れって言ってるだろ？』

『多々良《たたら》、そうもったいぶるな。話してやればいいじゃないか。我々だけじゃなく、この者たちにとってもあいつは特別なんだ。あいつの名前は、今やどんな田舎に行ったって聞こえてくる。どうしてもあいつのことを知りたいと、はるばるこの庵《いおり》にやってきてるんじゃないか。あいつのことを最も詳しく聞かせてやれるのは、お前と、あとはこの私しかいないだろう？』

『そうは言ってもな』

『よく来たな。さあ遠慮せず中に入りなさい』

『おい百秋坊《ひゃくしゅうぼう》』

『ところでおまえたち、ツユ茶は飲むかい?』

『はあ?』

『おおそうかい。飲むかい。そりゃよかった。ひいふうみいよおいつむうななやあ……。な? 多々良。この若者たちに、あいつの話を聞かせてやるよな?』

『マジかよ』

『緊張することはない。この多々良という男はな、こうして憎まれ口をたたいてはいるが、実のところ、誰かにあいつのことを話したくてウズウズしているのだ。それがこの庵の、人が絶えない理由でな。さあツユ茶だ。熱いぞ。ホラ、後ろの者にも回してやりなさい』

『……おいおめえら、突っ立ったまま茶をすする気かよ? ったくしょうがねえなあ』

『フフフ』

『狭《せめ》えんだから詰めて車座になれ。やれやれ。じゃあ特別にだ、おれたちが聞かせてやるから、いいか、耳をかっぽじってよおく聞きな。……それと百秋坊、おれにもツユ茶だ』

『もちろんだとも』

＊

『昔々、といってもそんな昔じゃねえ、ほんの少し前の出来事だ』

『世界中にバケモノの街あまたあれど、ここ渋天街《じゅうてんがい》ほど賑《にぎ》やかな街はない。鉄分を多く含む渋色（赤茶色）に濁った川の流れが、少しずつ削れてできたすり鉢状の谷に、今や棲《す》みつくバケモノの数、およそ十万三千。それらを長年束ねてきた宗師《そうし》さまが、ある日突然、引退して神様に転生すると宣言なさった』

『八百万《やおよろず》の神、っていうとおり、この世にはたくさんの神様がいらっしゃるのは、おめえたちも知ってるよな。神様は、バケモノに限らず空や海や雲や山や動物植物路傍の花や虫けらの一匹に至るまで、その生と死を祝福されている。それればかりかあの醜い「人間」って奴すらも慈悲深く見守ってらっしゃるってほどの、なんとも偉《えれ》え方々よ。その神様のひとりひとりは、おれたちバケモノから転生して務められているんだ。いわばバケモノってのは、この世のあらゆるものと神様の、ちょうど中間に位置しているわけだな。しかしバケモノ全てが神様になれるわけじゃねえ。あたりまえさ。おめえらなんて、天地がひっくり返っても神様になれるような面してねえだろ？　おれたちの中でも特別に徳の高いバケモノだけが、出世して神様に生まれ変われるんだ』

『宗師さまは、名を「卯月《うげつ》」といって、純白のウサギ姿に長いドジョウ髭《ひげ》の、微笑みを絶やさない穏やかな方だった。その上、渋天街始まって以来最強と謳《うた》われる武術の達人でもあった。その宗師さまが、高齢を理由に職を辞されるという。「どのような種類の神になるかを思案するあいだ、新しい宗師を選ぶことになるので皆これに備えよ」とな』

『さあ、街中はひっくり返った。宗師さまが引退することへの動揺は計り知れなかった。寂しさや名残惜しさを嘆く奴らは、そりゃあ多かったが、宗師さまの神様への出世を喜ばねえ者もまた、ひとりとしていやしなかったんだ。じゃあ、とバケモノたちは考えた。いずれ空白となる渋天街の宗師の職には、はたして誰がつくのか？　跡目を継ぐのは、誰がふさわしいか？　ってな』

『強さ、品格、素行とも一流、というのが跡目の条件だ。

もともとバケモノ社会におけるバケモノは「神に仕える武者」である、という通念があり、「武者」であるならば当然武芸に秀でている必要がある、というのが伝統的な考えだ。ゆえに宗師に求められる能力としてまず挙げられるのがその「強さ」だった。なんらかの武器を携えた侍の姿はどこのバケモノの街でも一定数見られる光景だが、ことさら渋天街では、ただ腕っぷしが強いだけでは尊敬を集めることはありえない。むしろ精神的強さに裏打ちされた勇気、統率力、人望を含む真の強さこそが必要とされるのだ。次に「品格」。宗師さまの例を引くまでもなく、渋天街の民すべてを代表するにふさわしい、威儀正しく威厳ある姿勢が求められるのは当たりまえのことだ。そして「素行」。渋天街の代表に安定した人格が望まれるのはいうまでもない。以上の要件を満たす者が、十万のバケモノの中の一体、誰であるか？』

『そこで真っ先に挙がったのが、猪王山《いおうぜん》っていうイノシシのバケモノよ。冷静沈着、勇猛果敢。大勢の弟子を抱える偉丈夫だ。元老院《げんろういん》に議員として名を連ねながら、同時に武術館「渋天街見廻組《みまわりぐみ》」を主宰する。一郎彦《いちろうひこ》と二郎丸《じろうまる》っていう、ふたりの息子の父親でもある。条件的には申し分ねえ。次の宗師はあいつに違いねえと、皆、口々に噂したもんさ』

『そしてあともうひとり、候補に挙がるバケモノがいた。名を、熊徹《くまてつ》と言ってな。その名のとおりクマのごとき毛むくじゃらの容貌《ようぼう》に、サル並みに駆け回る底なしの体力で、自慢の大太刀をぶんぶん振り回す。武者としての十分な体軀《たいく》があり、腕力だけなら猪王山をも凌《しの》ぐと、もっぱらの評判だった』

『だが、こいつがちょっと厄介な奴でな。強《つえ》えのは誰もが認めるところなんだが、そのかわり、粗暴、傲岸不遜《ごうがんふそん》、手前勝手ときたもんだから、弟子のひとりもいやしねえ』

『ましてや、息子なんかが、いるわけもなかった……』

＊

『……そんなときに、バケモノの世界の外、つまり「人間」の世界からやって来たのが、あいつ、ってわけだ』

『おまえたち、「人間」の世界へ行ったことはあるかい？　ない者がほとんどだろうな。バケモノの世界と人間の世界は隔絶され異なっていながら、世界としては響き合っていることも実はあるのだよ。人間世界は今では目を見張るほど物質的発展を遂げているが、それを支える基礎的な制度、技術、様式などの智慧《ちえ》は、バケモノが人間へと伝えたものが多い。例えば、神様をめぐる人間の様々な思想や概念のほとんどは、当然ながら我らの歴史や認識から伝播《でんぱ》したものだ。

　反対に、我らの世界では細々としか使用されないでいるものが、人間世界で独自に発展したという例もある。そのひとつが「文字」だ。我々の世界は「思想」は尊ぶが、「文字」は軽んじ斥《しりぞ》ける習慣があるだろう？　過去の賢人曰《いわ》く「生きておる智慧が、文字などという死物で書き留められるわけはない。絵にならまだしも画《か》けようが」ということからも分かる通りにな。ところが人間の世界へ行ってみろ。なんでもかんでも文字文字文字で溢《あふ》れておる。あの街じゅう文字だらけの奇妙な光景を見ると、ぞっとするよ。人間は文字に自らを支配されたがっているのではないかと疑りたくなるほどだ』

『そのくらい、おれたちと人間ってのは、住む世界がまるで違うってことさ。だからさ』

『うむ』

『つまり、あいつの物語を語る上で、なかなかおれたちの口じゃ言い表せない人間の扱う事柄がいろいろ出てくるから、どうも具合が悪いんだな』

『そこで』

『そこで、だ。こっから先は、あいつの口を借りて喋《しゃべ》ることになるぜ』

『つまり、我々があいつになりきって、あいつの主観において語るということだ』

『あ？　似ても似つかねえ？　あいつはこんな老けたサル顔じゃねえって？　うるせえこのやろう』

『ハハハ。私の瘦《や》せこけたブタ鼻も、しばらくは勘弁してもらわねばなるまい。まあ心配するな。この蠟燭《ろうそく》の灯《あか》りの中で聞いているうちに、私たちの貧相な顔も、そのうちあいつの精悍《せいかん》な顔つきに思えてくるだろうよ。

さあ、心構えは良いかな。

では、始めるぞ……』

蓮《れん》

9歳の夏、俺はひとりぼっちだった。

ひどい湿気に揺らめく渋谷《しぶや》の夜。QFRONTの巨大スクリーンに眩《まば》ゆい映像が間断なく点滅し、けたたましい音楽を撒《ま》き散らす大型トレーラーが連なって通過する。信号が変わるたびに驚くほどたくさんの人々がスクランブル交差点を行き交う。誰もが着飾り、笑い声をあげ、靴の踵《かかと》を鳴らしている。

交差点の中心に、俺は立っている。首の伸びたTシャツ。ぼさぼさの髪。何日も洗っていない薄汚れた肌。飯もろくに食わない痩せた体。手にぶら下げたコンビニエンスストアの袋。

すれ違う人の、幸せそうな、のんきそうな、無責任そうな顔を、鋭い目で睨《にら》みつける。

俺は、この世界からはじき出されてしまった、寄る辺ないただの餓鬼だ。

往来の向こう、屈強な警察官たちにがっちり二の腕を摑《つか》まれ、駅前の交番へ引っ張られていく二人組の少女が見えた。

「さあ来て」

「触んないでよ」

「家出だよね」

「違いますー」

「嘘ついてもわかるんだからね」

警察官に発見されないように、俺はそっと人混みに紛れ、信号が赤に変わるよりも早く渡りきってセンター街の門をくぐった。通りにいくつも設置されたドーム型の防犯カメラが、怪しい者を一人も見逃さないように見下ろしている。俺はその一つ一つを睨み返しながら、カメラの視界の届かない場所へと消える。

賑《にぎ》やかな大通りから一本裏に入ると、急に人通りが途絶える。自販機の寒々しい光が照らす路地。落書きで埋め尽くされた倉庫、ビルのパイプ、室外機。乱雑に重ねられた段ボール。吸い殻でいっぱいのスタンド型灰皿。大通りで呼び込みをする店員なんかがちょっとした休憩に使う場所だ。ちょうど誰もいない。休憩する暇もないほど忙しいらしい。

倉庫の扉に背をつけ、俺は腰を下ろした。

コンビニ袋の中から食パンをちぎって口に放り込む。封を開いて何日も経ったパンはカラカラに乾き、噛《か》むとカリッと硬い音がした。今は食い物はこれしかない。短パンのポケットに入った何枚かの一万円札と小銭が全財産だ。残りの額を頭の中で数えながら、少しずつパンをかじった。

と——。

キュッ……。

震えるような小さな鳴き声に、ハッと俺は顔を上げて見た。でも、缶入れから溢れた空き缶がアスファルトの上に転がっているだけだ。

「……？」

……キュッ。

小さな二つの目が、空き缶の陰から覗《のぞ》き見ていた。

ネズミ？　いや違う。もっとちっこくて、ふわふわした白く長い毛の、見たこともない生き物が、じっと俺の様子を窺《うかが》っている。——いや、俺を見ているんじゃない。正確には俺が食っているカラカラに乾いたパンを見ているんだ。

「よし。待ってな」

ひとかけちぎって手のひらに乗せると、そのちっこい奴の前に差し出した。ちっこい奴は警戒して、空き缶の後ろに身を縮める。俺はそっとパンを地面に置いて手を引く。

「ホラ。食え」

と言っても動かず、しばらく俺とパンを見比べていたが、やがて缶の後ろから出ると、パンに取り付いた。ちっこい口が、カリカリと音を立てる。

「……おまえも、どっかから逃げてきたのか？」

聞くともなしに聞いてみた。

ちっこい奴は、ちっこい瞳《ひとみ》で見上げて、まばたきするだけだった。

俺は、ひとりぼっちだった。


俺と母さんのマンションに、見知らぬ大人たちが上がりこんできた。

家にあるものを片っぱしから段ボール箱に手際よく詰め込んでいく。ガムテープで封をされた箱がまたたく間に積み上がってゆく。母さんの服も、母さんの靴も、母さんのベッドも、何もかもを部屋の外に運び出している。

「そろそろ行くぞ。蓮」

叔父《おじ》さんが俺の名を呼び、スーツの袖《そで》をずらして時計を見た。引越し会社の人たちにこの作業を指示しているのは、叔父さんを含めた本家の親戚《しんせき》たちだ。俺は答えず、窓辺に近い部屋の隅で膝《ひざ》を抱えたまま俯《うつむ》いていた。

「あの、これ、どうしましょう？」

引越し会社の人が困った調子で訊《き》く。ああ、それはこちらで運びます、と本家の叔《お》母《ば》さんの声がする。俺は顔を上げた。ダイニングテーブルの上の香炉から立ち上る、線香の細い煙。喉仏《のどぼとけ》を入れた小さな分骨壺《ぶんこつつぼ》。そして写真立てに収まった、まだ生きていた時の母さんの顔。

俺は、それをじっと見つめた。

叔父さんが言う。「蓮。母さんが突然いなくなって寂しいかもしれんが、交通事故だから仕方がない。おまえは本家が後見人になって引き取る。いいな」

「あなたはウチの家系唯一の男の子で、大事な跡取り。これから何不自由なく育ててあげるから」

叔母さんが言う「何不自由なく」とはどういうことなのかを考えた。都心に不動産をいくつも持つ裕福な家だ、といつか聞いたことがある。だが俺は、この人たちとほとんど話したことがない。

アルバムから滑り落ちた写真の中に、父さんの顔がチラリと見えた。まだ以前の小さなアパートに住んでいた頃、母さんと三人で身を寄せ合って撮った写真だ。あの頃は楽しかった。俺はまだ小さかったし、なにより三人でちゃんと暮らせていたんだから。今、こんなことになるなんて思いもしなかった。

「蓮！　わかったら返事ぐらいしろ！」

叔父さんが大声を出す。

いつかもこんな大声を出したのを、俺はよく覚えている。突然アパートに弁護士を連れて乗り込んできて、無理やり父さんと母さんを引き離した。それはたぶん俺が「家系唯一の男の子で、大事な跡取り」ということと関係がある。母さんはずっと泣いていた。いつもそうだ。この人たちは、自分の思い通りにするときに、同じ声を出す。

でも俺は、本家の親戚たちより、父さんの方が腹立たしかった。あのときなんで母さんが泣いているのに何もしなかったんだ？　どうして本家の奴らの言うことを受け入れたんだ？

俺は叔父さんに尋ねた。「父さんはなんで来ないの？」

「あいつのことはもう忘れろ」

「なんで？　父さんは父さんだ」

「母さんとあの人が離婚したの、知っているでしょ？　親権も裁判所がこっち、って認めたの。もう赤の他人なのよ」

「なら、一人で生きてく」

「子供がなに言ってる。そんなことできるわけないだろ」叔父さんが鼻で笑う。

その鼻を、俺は精一杯睨みつけた。

「一人だって生きてやる。強くなって、おまえらを見返してやる」

「なんて口きくんだ。蓮、おまえは……」

「大嫌いだ。おまえらも、父さんも、全部大嫌いだ！」

言い終わる間もなく、俺は外に飛び出していた。


渋谷にまた夜が来る。

あまり遅くならないうちに、どこか休めるところを探さなければ。屋根があって、誰にも見つからないで、やり過ごせるところを。だが今日は先客がいたり、工事中だったり、遊んでいる奴らが占拠していたりして、なかなか適当な場所が見つからなかった。ずっと歩きづめで、足も体も重かった。

途中、親に抱かれたこどもの姿を何人も見た。それを見て、胸の中で何かが疼《うず》いた。親にしがみついているこどもたちの顔は、幸せそうで、のんきそうで、無責任そうに見えた。胸の中から、声が響いた。

（大嫌いだ……）

何か得体の知れないものが暴れている。

（大嫌いだ……大嫌いだ……）

そいつは胸の外に出たがっている。扉を強い力で叩《たた》いている。ぶち破りそうな勢いだ。じっと耐えて押し込める。でも押し込めようとすればするほど、扉を叩く力は増していくようだ。

（大嫌いだ……大嫌いだ……大嫌いだ……）

俺は気づいた。これは呪いだ。あの嫌な本家の親戚たちに向けた呪いだ。俺を助けにこない父さんに向けた呪いだ。幸せで、のんきで、無責任な、俺以外のすべてに向けた呪いなんだ。

（大嫌いだ……大嫌い……大嫌い……大嫌い……）

呪いは胸の奥から繰り返し激しく突き上げてきた。苦しくてもう我慢できなかった。吐き出さないと破裂してしまいそうだった。

その瞬間、恐るべき力が加わり、呪いはついに、俺の胸の中から飛び出した。

「大嫌いだっ！」

俺は、声に出して叫んでいたのだった。

周りの大人たちはぎょっとして立ち止まった。何事かとこちらに視線が集まる。耐えきれず俺は背を向けた。どうしたの？　と手を差し伸べながら近づいてくる親切顔の大人さえいる。俺はそれを振り切って、逃げるように走り出した。

さっき胸の中で暴れていた何かを、その場所に置きざりにしたまま。

ガタンゴトンと、頭上で電車が通過する音がする。

高架下の駐輪場で、俺は乱雑に並んだ自転車と自転車の間に座り、組んだ両腕に顔を埋めた。今日はここで過ごすしかない。くたくたに疲れ、もう顔を上げる力もなかった。

俺の懐から、チコが顔を出した。センター街の裏路地で見つけたあのちっこい奴だ。ちっこいから、チコ、と名前をつけた。チコは俺の額にふわふわの毛をすり付けると、慰めるような声で鳴いた。

キュウ。キュウ。

「チコ。大丈夫。ありがと」

それでもチコは、心配そうに、鳴き続けた。

キュウ。キュウ。

「大丈夫だから。でもちょっと疲れているから、このまま眠らせてくれよ……」

……キュ。

不意に、チコが鳴くのを止め、素早く俺の髪の毛の中に潜り込んだ。

誰かが話しながら、こちらへと近づいてくる。

「……まったく何だっていうんだ。要は猪王山より強きゃいいんだろ？　品格？　意味わからねえ」

「宗師さまも無茶言うねえ。前におまえに弟子入りした奴はどのくらい持った？」

「1ヶ月……1週間？……いや1日……」

「午前中だぜ、午前中！」

二人の男が、ペタペタとサンダルの音を鳴らして、俺の前を通り過ぎていく。一人の声は甲高く早口で、体格は小柄に思える。もう一人の声は野太く、きっと大柄な男。その男が吐き捨てるようにわめく。

「メソメソ泣くような奴は嫌いなんだよっ！」

「選《え》り好みしてる場合か。こうなったらその辺の人間でもタワシでもつかまえて、弟子にするんだな」

「ああそうかい。わかったよ！」

大柄の男は突然踵《きびす》を返して戻ってくる。小柄の男の焦りが感じられる。

「おい冗談だよ、真に受けるなよ！」

大柄の男の足音が近づいてきて、不意に俺の前で止まった。

「やい」

「……」

俺は俯《うつむ》いたまま、返事をしなかった。

「やい、って言ってんだ」

大柄の男は、苛立《いらだ》つようにドンと足を踏み鳴らす。

なんで話しかけてくるんだ。放《ほ》っといてくれ。

男は、訝《いぶか》しむように訊《き》いてくる。

「おめえ、生きてんのか死んでんのか？」

「……うるせえ」

「口がきけるってこたあ生きてるな？　おっかさんはどうした？」

「うるせえ」俺に母さんのことを聞くな。

「じゃあおとっつぁんは」

「黙れ」俺に父さんのことを聞くな。

「答えろ。おとっつぁんは――」

「黙れ黙れ黙れ黙れ！」俺は耐えきれなくなって、顔を上げ怒鳴った。「これ以上話しかけたらブチ殺すぞ！」

男たちは二人とも、全身をすっぽりと覆ったマント姿だった。大柄の男は袋に入れた長い棒のようなものを背に負っている。頭巾《ずきん》の奥は暗くて、顔はよく見えない。が、そのかわり独特な匂いが立ち込めている。それはたとえば、動物園の獣舎の前にいるような――。

「何が殺すだ。ガキが」小柄の男は、鼻で笑う。

「たいした鼻っ柱だな。面をよく見せろ」

大柄の男が、マントの下からゆっくりと腕を伸ばし、いきなり俺の顎《あご》を摑《つか》んで強引に引き上げた。

俺はそこで初めて、頭巾の奥に男の顔を見た。

髭面《ひげづら》の口元から覗《のぞ》く鋭い牙《きば》。

前に突き出た熊のような鼻。

そして、俺を見下ろす野生の獣の眼。

「……！」

俺はあまりの驚きで、身動きひとつできなかった。

「……ば、バケモノ……！」

目の前のことが信じられない。

大柄の男は、じっと見下ろしたまま動かない。見たこともないほど鮮やかな赤色の瞳《ひとみ》だった。その瞳が、俺の胸の中の何もかもを見透かして、品定めしているように思えた。なす術《すべ》ない俺は、ただ呻《うめ》くしかなかった。

「ああ……」

品定めの時間は唐突に終わった。

大柄の男に突き放され、俺は地面に叩きつけられた。

「うっ！」

大柄の男は満足そうに言った。

「悪くねぇ」

「もういいだろ」

そう小柄の男に促され、大柄の男は背を向けた。

が、行きかけて立ち止まり、振り返ると、俺にこう言った。

「おめぇ――、オレと一緒に来るか？」

「……!?」

そう言われて、胸がドキンと音を立てた。

「は？　バカ言うな熊徹！」

小柄の男が慌てて戻ってきて、大柄の男を引っ張ってゆく。

俺は、自転車と自転車の間から出て、呆然《ぼうぜん》と見送った。

高架下を出て西口方向の階段を上る二人のマント姿が見えた。今のは何だったのか？　夢か。幻か。悪い冗談か。それとも……。

それを確かめるために、二人のあとを追って走り出していた。

信号が変わり、大勢の人々が一斉に歩き出す。

スクランブル交差点の中心に飛び込んで、大柄の男の姿を探した。

三千里薬品の青色に点滅するネオン。ＱＦＲＯＮＴ。渋谷センター街の門。１０９。渋谷マークシティ。ＪＲ渋谷駅――。

ぐるりと見回すが、あのマント姿はどこにも見つけられない。いつもと変わらない繁華街の風景があるだけだった。俺は目を擦《こす》りあげた。

「なんださっきの……。やっぱり、夢？」

すると突然、後ろから腕を強く摑まれた。

「!?」

俺は驚いて振り返った。あの大柄の男だと思ったのだ。

ところがそうではなかった。

「ねえ君、家出してきた？」

屈強な若い警察官が見下ろしていた。

「子供が夜にこんな所でひとりでいて、よくないでしょ」

横からメガネをかけた中年の警察官も覗き込む。家出した少女を補導していた、あの二人組だ。

「条例違反だって知ってる？」

「は、放せ」

俺は身をよじって逃れようとした。が、若い警察官の拘束する力は凄《すさ》まじく、いくらもがいてもびくともしない。中年の警察官は小脇から書板を出して尋ねる。

「どこの小学校？　保護者の連絡先は？　迎えに来てもらうから」

俺はハッと二人を見た。頭の中にあの本家の叔父さんと叔母さんの姿が浮かんだ。あの人たちが保護者ということになってしまうのだろうか。冗談じゃない。あいつらのところなんて死んでも行きたくない。

「いやだ……。絶対に……、いやだ！」

俺は力ずくで警察官の手を振り切ると、人の波の中に駆け出した。

「待ちなさい！」「待て！」

交差点を抜け、センター街の雑踏を俺は闇雲に走った。

警察官たちが恐ろしい勢いで追いかけてくる。しかし人通りの多さが邪魔をして、思うようには進めないようだった。

その隙に俺は攪乱《かくらん》するように路地を曲がりに曲がった。後方に警察官の姿が見えなくなる。それでも足を止めないで走った。捕まってたまるもんか。絶対に本家のところなんて行くもんか。あいつらは保護者じゃない。俺に保護者なんていない。

と――。

唐突に俺の視界に、あのマント姿が入ってきた。

「!?」

俺はハッとして立ち止まった。

センター街の外れのビルの狭い隙間に、体を横にして入ってゆく大きな背中が見えた。

確かに、あの、大柄の男だった。

ところが、ほんの少しまばたきする間に、マント姿は忽然《こつぜん》と消えた。ビルの隙間には誰もいなかった。エアコンの室外機、換気扇の排気口、たくさんのパイプや店舗のゴミ箱が見えるだけだ。

「……??」

俺は混乱した。今、確かにいたはずなのに……。

すると、

「どこだ?」

「いや、あっちか?」

警察官たちの声がした。背伸びして探す姿が人の波の向こうに見える。

俺は、警察官たちと、大柄の男が消えたビルの狭い隙間とを見比べた。同時に頭の中で、本家の親戚《しんせき》たちとあのバケモノを比較した。

耳に残るあのしゃがれた声が再び響く。

——おめえ、オレと一緒に来るか?——

胸が高鳴った。もともと自分の居場所なんか、どこにもないんだ。本家で「何不自由なく」なんて暮らすぐらいだったら、バケモノの方がずっとマシだ。

俺は、覚悟を決めた。

ビルの隙間に向かって、大股《おおまた》で踏み出した。

熊徹

ビルの隙間は、不思議な路地へと通じていた。

緑色の薄暗いぼんやりとした明かりが、でこぼこした石畳とごつごつした土壁を照らしていた。両手を広げたらそれでいっぱいの狭い路地は、どこまで行っても同じような景色が続き、行けば行くほど混乱するばかりだった。ときおり、ちょうど何かの目印のように竹籠《たけかご》に活けられた花が、石畳に置かれてある。それを基準にして先へと進む。が、すぐに袋小路に陥ってしまう。頭に描いた地図を頼りに戻ってみると、さっきそこにあったはずの花がない。道を間違えたのかと、今度は壁にぶら下がる鉢植えの花を基準にする。しかしそれも戻ってみると、あったはずの花がどこにも見当たらない。

まるで迷路だ。

だがそれだけじゃない。路地の壁にぽっかりと空いた窓があった。扉もアルミサッシも付いていない、穴のような窓だ。その窓辺に灰色の毛の猫がいて、身じろぎもせずこちらを凝視している。と思えば別の窓辺には、２メートルほどもある立派な尾を垂らした尾長鶏《おながどり》が、振り向いて小首を傾《かし》げる。さらに別の窓辺では、枝に花をつけた鉢植えがちょこんと置かれてある。と思えば、奥にその枝と似た形の角のニホンジカが、じっとこちらの様子を窺《うかが》っている。

ニホンジカ？

「ここ、本当に渋谷……？」

俺は後ずさりながら、思わず呟《つぶや》いた。

背後に気配を感じて振り返ると、ずっと奥の壁の照り返しに人影が横切るのが見えた。大きさからしてきっとあのマント二人組に違いない。急いで俺はその方向へ走り、角を曲がった。ところがもう人影は奥の角を曲がるところだった。俺は再び走って近づこうとした。なのに人影はいつも、ずっと奥の角にいる。追いつこうと走ってもなかなか追いつけない。ただ歩いている相手に、なぜなのだろう？

四つ辻《つじ》にさしかかって、急に二人の姿を見失った。前方と左右を見渡しても、ただそれぞれ花瓶に活けられた花が、椅子の上に置かれてあるだけだった。行き止まりだ。誰もいない。

「あれ……？　あれ……？」

どっちにいっていいのかわからず、その場から動けなかった。

そのときチコが懐から顔を出して、キュッ、と警戒するように鳴いた。背後から石畳を叩《たた》く蹄《ひづめ》の規則正しい音が近づいてくる。俺は振り返って、あっとなった。

馬だった。

馬の、長い顔が迫ってくる。

「わああああ！」

狭い路地で逃げ場もなく、俺は馬の鼻先に押されるがままになった。さっきは行き止まりだったはずの路地の先が急に開けたようになる。広い空間と大勢の人のザワザワした気配が近づいてくる。馬は何枚もの織物を背負っていて、一直線にそこへ向かっているようだ。俺はなすすべなく、ただ大声をあげるしかなかった。

「うわあああああっ！」

馬に路地から押し出され、そのせいで俺は石畳に頭をしたたか打ち付けた。

「イテッ。つ……」

俺を押した馬は、大量の布を背中に抱えたまま二本足で立ち上がると、不審な表情をこちらに向けながら、横を通り過ぎていった。

二本足？

ハッと俺は顔を上げた。

そこは石造りの大きな屋敷のような場所で、天幕が張られた中庭の下に、蜜《みつ》色のランプの光に照らされた大勢の奇妙な男たちが集い蠢《うごめ》いていた。むせかえる獣の匂い。男たちは皆、獣の顔だった。

毛糸を手に商談する立派な角のカシミヤヤギ。商品の織物を開いて見せるアルパカ。品定めに首を伸ばすラクダたち。ノート片手に指を立てて値段交渉するアンゴラヤギ。札を素早く数えるラマのプロフェッショナルな手さばき。取引された織物の束を、運送役の馬たちが肩に背負って運び出してゆく。

やばい。

バケモノだ。ここは、バケモノだらけの街なんだ。

俺は恐怖と不安で泣き出しそうになり、思わず悲鳴を上げた。

「あああ……！」

その声に、商談中のヤギが気づいた。ヒツジたちも次々とこちらを見た。あちこちからバケモノたちの視線がこちらに集まってくる。

やばいやばい。

チコは危険を感じて懐に飛び込んだ。俺は元の路地に引き返そうと慌てて立ち上がり後ろを振り返った。しかし路地があるはずの場所はなぜか、壁で塞《ふさ》がれてしまっていた。

「あれ……？　あれ……⁉　今来たはずの道がない⁉」

なぜだ？　いつの間に？　どうして？　いくら探ってもそこには路地などなく、かわりに塗り込められたような壁が立ちはだかっているだけだった。全身から冷や汗が噴き出た。

バケモノたちは驚いたような、訝《いぶか》しむような、物珍しいような目つきで俺を見てざわついている。

やばいやばいやばい。

どこでもいいからここから逃げなきゃ。駆け出したとたん、足がもつれて四つん這《ば》いになってしまった。くそっ。俺はかまわず無理やりに四つん這いの手足を動かし、一目散にその場を逃れた。

「出口……出口は……⁉」

バケモノの街の大通りは、たくさんの商店が建ち並び、祭りのような活気に満ち溢《あふ》れていた。通りの頭上には大きな布がいくつも重なるように吊《つ》り下げられ、見たこともないような青や赤や紫の妖《あや》しい光を放っていた。路上は夜の街を楽しむバケモノたちでごった返していて、俺は隠れるように身を低くして四つ足で駆け抜けた。しばらく行くと大通りの先に大きな門が見え、そこに備え付けられた円形の青いネオンが規

則的に点滅しているのが見えた。中心の赤いネオンの額面には黄色の文字で、

「渋天街」

と書かれてあった。どうやらそれがこの街の名前であるらしかった。両脇にはそれぞれ「三千界」「甘栗」とある。この意匠はどこかで見覚えがあったが、それが何であるかは思い出せない。門を抜けて、開けた石畳の広場に出た。広場を中心に東西がなだらかな丘になっていて、斜面を住宅らしき灯火が埋め尽くしていた。その丘から見て、谷に当たるのが広場で、この街の中心であるらしく、一段と明るい光を発していた。それは広場に軒を連ねる無数の露店が放つ光だった。俺はバケモノたちの波に押されるまま雑居する露店街の中に飛び込んだ。

軒下にぶら下がる、皮をこんがり焼かれたアヒルの丸焼き、首がついたままの煮鶏《にどり》。凶暴な歯を見せつける鮭の干物。グロテスクな宇宙人さながらに睨《にら》みつけるエイの干物。壺《つぼ》に溢れかえるイカ、ヒトデ、カエル、トカゲ、その他得体の知れない乾物。量り売りの穀物、果実の山。積み上げられた酒瓶。無数に並ぶ鍋《なべ》、釜《かま》、壺。大小さまざまな骨や貝殻でできた装飾品。妖しい輝きを放つ刀剣、武具の類《たぐい》――。目に入るもの全てが、いままで自分がいた世界とまるで違う。強烈な孤独感に襲われ、不安で今にも押しつぶされそうだった。早く「出口」を見つけてここから脱出するんだ、渋谷に戻るんだ、そう念じながら懸命に四つ足で駆け続けた。

「あっ⁉」

いきなり誰かが俺のシャツの首元を引っ張った。抵抗する間もなく子猫が首元をつままれるように引っ張り上げられてしまった。俺を捕らえたのは、だんびらをぶら下げたガラの悪そうなオオカミのバケモノだった。

「……なんだ、こいつ」

「人間の子供だ」

「人間？　なんでここに？」

仲間のオオカミのバケモノ二人が寄ってきて、手足をバタバタさせる俺を吃驚《びっくり》した眼で覗《のぞ》き込む。そこは和楽器の露店の軒先で、三人は手にした笛や琵琶《びわ》や太鼓のバチで、俺のほっぺたを引っ張ったり、まぶたを押し上げたりした。

「は、放せ！」

叫ぶ俺を無視して三人組は顔を互いに寄せてニヤリと笑うと、凶悪な相談を始めた。

「ちょうどいい。皮を剝《は》いで三味線屋に売るか？」

「カラカラに乾かして削り節にするか？」

「それとも……」

露店の鶏《にわとり》や鮭みたいになんかなりたくない！　俺はたまらず悲鳴をあげた。

「た、助けてっ！」

と——。

「やめろ、馬鹿者！」

諫《いさ》めるような鋭い声がした。

声の主は、痩《や》せこけたブタのバケモノだった。坊主頭に無精髭《ぶしょうひげ》、僧侶《そうりょ》が着るような黒い服（直綴《じきとつ》）は、ところどころ虫に食われたような穴が空いていた。

「罪深いことを言うな」

小さな目をゆっくり瞬《まばた》きさせて、三人組を諭すように言った。

身を寄せ合いブツブツ文句を言うオオカミたちの姿が、後目《しりめ》に遠ざかる。

僧侶姿のバケモノに連れられて、俺は露店の連なる通りを歩いた。

「なあに気にするな。あいつらは口と顔がちょっと乱暴なだけさ。怖がることはない」

そう言われても全身の震えが止まらなかった。夜遅くの屋台から、酔っ払ったバケモノの甲高い笑い声や怒鳴り声が、間断なく響いていた。僧侶姿のバケモノは、俺を安心させようとしてのことだろう、穏やかなやさしい声で言った。

「私は百秋坊。見ての通り修行の身だ。ここ渋天街へは、定められた順路を巡らねば辿《たど》り着けん。神にすらなれる我らバケモノとなれぬ人間とでは、生きる世界が違うでな。偶然に迷い込んで、心細かったろうに。さあ、私が元の世界へ送り届けてあげるから――」

俺は意外だった。バケモノと言ってもなにも恐ろしいばかりじゃない。よくしてくれるバケモノもいるのかもしれない。いつの間にか体の震えは収まっていた。今はともかくもこの僧侶姿のバケモノ、百秋坊が出口を教えてくれるらしいから、ついていきさえすれば元に戻――

「よお！　おめえ本当に来たのかい？」

聞き覚えのある、しゃがれた大声がした。

俺は振り返って、ぎょっとした。

あの大柄のバケモノが、満面の笑みでのっしのっしとやってくる。マント姿じゃなく、代わりに真っ赤な上着を羽織り、身の丈ほどもある朱色の大太刀を背負っていた。白い模様の毛が首元から覗く。熊みたいな顔だからツキノワグマのバケモノなのだろうか。ひさご（ひょうたん）の酒瓶を手に、

「へへ、見込んだ通りだぜ。ますます気に入った！」

と酔っ払った赤ら顔を機嫌よく突き出すと、俺の肩を摑《つか》み、うらあっと引き寄せた。

「熊徹、何をする」

百秋坊は、窘《たしな》めるように力づくで俺を引き戻した。「迷子の子供だ。優しく寄り添わんか」

熊徹、と呼ばれた熊のバケモノは不満そうに口元をねじ曲げた。「寄り添うだぁ？

坊主は甘々なことしか言わねえな」

「乱暴に扱うなということだ」

「乱暴で何が悪い？　迷子なんかじゃねえ」と言って熊徹は、大きな手を俺の頭に置いた。「こいつは今からオレの弟子だ！」

「……弟子？」

は？　そんな話、知らねえよ。

「言っただろ。忘れたのか？」

言ってねえよ。忘れるもんか。

百秋坊は仰天して声を上げた。

「……人間の子供を弟子にするのか？」

「人間だろうがタワシだろうが知ったことか。弟子っつったら弟子だ！」

熊徹は、俺の頭を鷲掴《わしづか》みにしてぐりんぐりんと揺らした。

「待て待て待て」

とサル顔のバケモノが小走りでやってきた。藍染《あいぞ》めの上着と手ぬぐいを首に巻いた姿がどことなく職人風のいでたちで、腰の帯にがまぐちの財布をつっこんでいた。声からして熊徹と一緒にいた、あの小柄の男だった。「おれはやめとけって言ったんだがね」

「多々良、わけを話せ」

「宗師さまが、跡目を目指すなら、どうしても弟子を取れとこいつにおっしゃってな。だが猪王山ならいざしらず、こいつの弟子になんか誰もなりたがらねえ。ヒヒッ。で、哀れな人間どもを見物してるときに、このガキを見つけた、と」

百秋坊は呆《あき》れ顔で熊徹を見やった。

「それでさらってきたのか？」

「ついてきたのはこいつだ」

「だからと言って関係のない者を巻き込むな」

「見所のある奴に目ぇ掛けちゃいけねえのか？　え!?」

熊徹は苛立《いらだ》つように大声を張り上げる。

が、多々良と百秋坊のふたりはまったく動じない様子だった。

この三人の関係はいったいなんなんだろう？　と俺は思った。

＊

『……熊徹はあのあと酒臭い息で「帰るぞ」とひとこと言うと、おれたちが反対するのも聞かずに無理やりあいつを引っ張っていった。給水塔脇の坂道を上る熊徹とあいつの小さな後ろ姿を、おれたちは広場のはずれで見送った。

「なんとむちゃくちゃな、そこまでして跡目の座が欲しいのか」

百秋坊が深刻に眉《まゆ》をひそめているので、おれは噴き出しちまった。

「いやいや、熊徹はただ猪王山とのケンカに勝ちてえだけよ。なんのこたあねえ」

「確かに。宗師となり神様に出世するなど、さらさら興味ないだろう」

「仮にあいつが転生しても、せいぜい付喪神《つくもがみ》がいいところさ。便所の神とかタワシの神とかな」

百秋坊は気の毒そうに言った。

「人間の子供を、熊徹と一緒にして大丈夫だろうか」

「さあね。おれぁ知らね」

おれにしてみたら、人間のガキなんか放《ほ》っとけよ、ってなもんだったがな……』

＊

俺は熊徹の背中を追って、坂道を登った。

大通りから分かれた道がどんどん細くなり、何段もの階段を上がった。賑《にぎ》やかな街から徐々に寂しくなり、道端のゴミや壁の落書きが目についてくる。なにやら物騒な空気が漂い、決して裕福な者が住む場所ではないことは一目でわかる。

熊徹の家は、石段を登りきったところにあった。

そこはせいぜい1LDKほどの「小屋」といってもいい代物で、コンクリート造りの壁の塗料は経年のため剝がれ落ちていた。前庭のタイルの隙間から雑草が生え放題になっていて、屋上には物干しのワイヤーが風に揺れていた。

熊徹は、前庭に面した入り口の布カーテンをめくり中に入っていった。なぜ布カーテンなのか。ドアのない家なんてあるのか？　俺はどうしたものかしばらく躊躇《ちゅうちょ》した。小屋の中に心細い明かりが灯《とも》る。もうひとつ扉があることに気づいた。ここが正式な玄関らしい。俺は仕方なく覚悟を決めて、玄関の扉を開けた。

小屋の中はほとんどごみ捨て場と区別がつかないほど散らかっていた。壁から壁へ通したワイヤーに、何着もの服が乱雑にぶら下がっている。テーブルの上の食器は放りっぱなし。椅子は転がったまま。部屋の隅に「熊徹庵《くまてつあん》」と書かれたボロボロの額が、粗大ごみのように立てかけてあった。

絨毯《じゅうたん》の上に乱雑に転がる酒瓶だの靴だの食いかけの蜂蜜《はちみつ》の瓶だののを熊徹が足で押しのけて、かわりに小さなクッションをふたつ放って寄こした。

「ここで寝ろ」

「弟子ってどういうことだよ」

「オレがこれから喰《く》わしてやろうって言ってんだ」

「別に頼んでねぇよ」

「フン。勝手にしろ」

熊徹は、この小屋でたったひとつの豪華な装飾を施した大きなソファに腰を下ろした。ソファというよりはシェーズロングと呼ばれる、まるで貴族がお昼寝するのに使うような革張りの立派なソファで、粗末な小屋にまるで似つかわしくない場違いな印象を与えた。熊徹は腹をボリボリ掻《か》きながら言った。

「ただしメソメソする奴はキライだ。泣いたらすぐ放り出す」

「泣かねえよ」

「そうこなくっちゃな」

「だからってあんたの弟子になんかならないからな」

「じゃあなぜついてきた？」

「なぜって……」俺は言葉に詰まった。

「言わねえでもわかるぜ。行くところがねえことぐらい」

「……同情してんのか？」

「バカヤロウ。そんなことは一人前になってからほざけ」

熊徹は怒鳴り、それから横を向いてひとりごとのように呟《つぶや》いた。「おまえはどのみちひとりで生きてくしかねえんだ」

その言葉には妙な実感と説得力が籠《こ》もっていた。俺は黙ってしまった。

「――」

「まだ名を聞いてなかったな」

「――言わない」

「は？」

「個人情報だから」

知らない人に名前を教えちゃいけません。大切な個人情報です。小学校の教師が言っていた。しかし目の前の熊のバケモノに対して個人情報などと、口にしてなんだかちぐはぐな気分だ。

「ええい、なら歳は？」熊徹が苛立って牙《きば》を見せる。

年齢も同じ個人情報だ。言っていいものかどうか躊躇した。が、ここで拒否すればなおさら自分の中にちぐはぐな気分が増えてしまうかもしれない。

俺は、歳の数だけ指を立てて見せた。

「九……？」

熊徹は俺の指を見て、何かを思いついたようにニンマリ笑うと、ソファに深くもたれ満足げに宣言した。

「へへ。じゃあおめえは今から『九太《きゅうた》』だ」

きゅうた？　なんだその変な名前!?

「……なんであんたが名前を付けるんだよ」

「いいか、『九太』だからな。さて、オレはもう寝るぜ。九太」

畳み掛けるように言うと、熊徹は布団にくるまって背を向けた。


今は何時なのだろうか。すでに0時を回っているのかもしれない。

俺は布をめくって前庭に出た。空には驚くほどの数の星が輝き、眼下には、にぎやかな繁華街の灯がまたたいていた。給水塔だと教えられた円筒形の建物が特徴的だ。確か渋谷にも同じような円筒形の建物が道玄坂下《どうげんざか》にある。そういえば円形のドームを乗せた建物にも、また銀杏《いちょう》の葉のような形が連なる建物にも見覚えがあった。どういうことなのだろう？　ここは別世界のようで、渋谷とつながっているということなのだろうか……。

「蓮」

後ろから声がした。

振り返ると、母さんだった。

エプロン姿でお盆を持ち、小屋の外に立っていた。

「蓮の好きなハム入りオムレツ作ったよ。冷めないうちに食べよ」

死んでしまったはずの母さんが、にっこり笑ってこちらを見ている。どこまでが夢でどこまでが現実なのかわからなくなる。でもこのバケモノの街だって、充分に夢みたいじゃないか。

「うん。今行く」

と母さんに返事をした。先ほどから驚きの連続で、麻痺《まひ》してしまっていたのかもしれない。俺は夢の中にいるみたいに歩き出した。

三歩歩くと、母さんはもうどこにもいなかった。

「……」

急に厳しい現実を突きつけられた気持ちになった。たまらず背を向け、膝《ひざ》を抱えてしゃがんだ。俺は正真正銘のひとりぼっちだった。絶望的な寂しさと悲しさが針のように全身を刺した。涙があふれ出た。必死にかみ殺すが、どうしても嗚咽《おえつ》が口から漏れてしまう。チコが懐から出て心配そうに鳴くと、寄り添うように俺に身を寄せる。

それでも嗚咽が後から後から出てきてしまう。

――メソメソする奴はキライだ――

さっきの熊徹の言葉が響く。

泣くな。

何度も、自分の胸に言い聞かせた。


ガンガンガンガン！

突然大きな音がして、俺は跳ね起きた。

「わわっ⁉」

見ると、フライパンに木槌《きづち》を持った熊徹が、ニタリと歯を見せて笑っていた。

「メシだ」

清々《すがすが》しい青空。もう朝だった。熊徹はなおもフライパンを思い切り打ち鳴らす。

ガンガンガンガン！

「や、やめろっ！」

俺は耳を押さえて抗議した。

昨夜、俺は階段下の鶏《とり》小屋の中で、眠りこけたのだった。熊徹が言うには、目を覚まして部屋に俺がいないと知り、逃げ出したと思ったらしい。そしたら鶏小屋で鶏たちに囲まれて眠っていた、と。言われて俺も不思議だった。なぜ俺は逃げ出さなかったのだろう？

熊徹は、どんぶりに盛られた飯に生卵を次々と割り入れた。

「まだ怒ってんのかよ。ちょっとふざけただけだろ。機嫌直して食えよ」

チコは俺の肩の上で松の実をカリカリかじっていた。俺だけが飯に手をつけず、黙りこくっている。

「生みたて卵だ。生で食わねえともったいねえぞ」

新鮮な卵は鶏の体温が残っていてほんのりあったかい。さっき鶏小屋で寝ている時、頬に温かいものを感じていたのは、この卵のあったかさだったのだ。

だが俺は食わない。

「それとも腹減ってねえのか?」熊徹は訝《いぶか》しみ訊《き》く。

「減ってるよ!」怒りと空腹でとうとう俺は叫んだ。

「なら食え!」

「生の卵なんか!」

「あ?」

「……生臭くて食えるか」

卵料理は大好きだが、生卵だけは無理だった。うまそうに食う奴の気が知れない。

「普通に食うだろ。見てろよ」

目の前の気が知れない熊は、どんぶりの卵と飯をぐちゃぐちゃに箸《はし》でかき混ぜると
それを一気にバクバクとかき込み、いっぱいに膨らんだほっぺたを見せて俺にこう言

った。

「どうだ!?」

俺はその馬鹿面に顔を背ける。

「バカじゃね？」

「なんだとコラァ！」

馬鹿熊の口から大量の飯粒が撒《ま》き散らされ、俺に降りかかってきた。

「わっ、キタネエ！」

「弟子は好き嫌い禁止だ！」

「俺はあんたの弟子じゃねえ！」

「うるせえ食え！」

「嫌だね！」

「どうしても食わねえつもりなら」熊は腰を落として構える。

「どーすんだよ」俺も警戒し腰を落とす。

「口ん中に放り込んでやる！」

馬鹿熊は、籠《かご》から卵を摑《つか》むと回り込んでこちらへ向かってきたが、俺はそれを予期してほぼ同時に走り出した。テーブルを中心に、狂ったように追いかけてくる馬鹿熊から俺は逃げまくった。

ぐるぐる回る馬鹿熊と俺を、いつの間にか百秋坊と多々良が窓の外から眺めている。

「やめろ、熊徹。優しく扱え」

「わかったろ、熊徹。そんな小憎らしいガキ、とっとと突っ返してこい」

どちらも熊徹の耳にはまるで入らないらしい。俺は隙を見て円運動を離れ外へ出ると、多々良たちの間から身を乗り出し、ひとりぐるぐる回る馬鹿熊に言ってやった。

「あんたなんか大っ嫌いだ！」

ようやく気づいた馬鹿熊が血相変えて追いかけてくる。

「待てコラ九太！」

俺は門を出て昨夜登った石段を一気に駆け下りた。なにが九太だ。誰があんな奴の弟子になるか。遥《はる》か後ろでわめく声が遠ざかって行く。

「待てコノヤロ！　九太！」

跡目争い

昼の渋天街は、昨夜とはまるで変わって見えた。

逃げる道すがら、仕事に向かうバケモノの姿を多く見た。大きな荷物を背負い歩く行商人や、無数の籠を竹ざおにぶら下げて売り歩く籠屋、建物の補修で足場を組む鳶《とび》職のバケモノも見た。皆、働いている。俺は認識を改めた。バケモノと言っても、昔の唄《うた》にあるように夜な夜な遊んで暮らしているわけではなさそうだ（それに比べてあの馬鹿熊はなんだ。刀を下げてぶらぶらして、まるでヤクザ者じゃないか）。

俺はTシャツをかぶって顔を隠し怪しまれないようにすると、昨夜の中庭のある屋敷を探した。そこに渋谷に還《かえ》ることのできる通路があると予想した。布が吊《つ》り下げられた大通りはすぐに発見できた。色とりどりの布のひとつひとつは昼の光で見るとそれぞれ素材や染め方、透過度が異なり、複雑に影響し合うように配置されていて、まるで一種の芸術の実験のように思われた。

この大通りの佇《たたず》まいはどことなくセンター街に似ていると、俺は最初から感じていた。路地の配置が限りなく近かったのだ。しかし店舗中心のセンター街とは異なり、路地裏には職人がたくさん働く工房街であった。甕《かめ》の液体に生糸をくぐらせる藍染《あいぞ》め職人、リズミカルに織る機織り職人、シルクスクリーンで生地を染める染色の職人。どれも布にまつわる職人たちの姿だった。生地のロールを何本も抱える生地屋の姿も見た。そういえば昨夜の屋敷の中庭も、毛織物の取引場のようであったことを思い返す。

別の工房も見ることができた。そのひとつが鍛冶屋《かじや》だった。真っ赤に焼けた鋼を盛大な火花を散らせて鍛錬する職人たちの姿があった。別の職人は素延べした地金を金槌で打ち出しては何度も反りの具合を確認していた。その長く細い形は明らかに刀剣だった。職人たちは刀匠だということに俺は気がついた。そういえば剣を帯に差したバケモノをよく見かける。馬鹿熊もそうだ。この街では剣が重要な意味を持つのかもしれない。

路地をくまなく歩き回ったが、中庭のある屋敷はついに発見できなかった。閉じた門をいくつも見たので、その中にあったのかもしれない。しかし夜にしかあの取引場は開かないとすれば今は確かめようがなかった。俺は仕方なく広場に出た。昼時の露店は昨夜とはまるで違う様相で、野菜などの生鮮食品を並べる店や、スープ麺《めん》や雑炊、ピザなど昼飯を供する店が軒を連ね、ごくまっとうな生活の営みが感じられた。強面《こわもて》の三人が俺に「カラカラに乾かして削り節にするぞ」と凄《すご》んでいたが、あれは脅しにしか過ぎなかったのかもしれないと思えてくる。昨夜、極めてグロテスクに見えた鶏《とり》の丸焼きや鮭の干物などの品々も、昼の光の下では実に美味《うま》そうに見えた。腹の虫が激しく鳴った。

　ある露店の前で不意に子供二人の姿を見つけて、俺はどきりとした。

　子供がなんで？　だがよく考えれば意外なことでもなんでもない。バケモノの世界にも大人がいれば子供もいて、親もいれば子もいるのだった。子供二人は背の高さからして俺と同い年くらいだろうか。幼い顔は、バケモノとか動物とかというより、まるで人間の子供と変わらないように思えた。俺は冬瓜《とうがん》を売る屋台の陰に身を潜め、密《ひそ》かに覗《のぞ》き見た。

　二人のうち、ウリ坊みたいにコロコロ太った子が、露店で注文したフルーツパフェを受け取るのが見えた。大きめに切った果物がふんだんに盛られた、なんとも美味そうなパフェだった。

「兄ちゃんも食べる？」

　もう一人のスラリとした背の子は首を横に振った。色白の整った顔立ちと落ち着いた物腰は、兄弟でもまるで対照的に見えた。

「そっか。じゃあおいら一人で食べよ」弟は太い指で果物をつまむ。「まずはミカンから……」

ミカン……。俺の喉《のど》が思わずゴクンと鳴った。

「あーん」

あーん……。俺もつられて口が開いてしまう。何しろここ数日、ロクなものを食ってないし、特に今朝は意地を張って何も口にしていないのだ。

が、弟は手を止めた。「やっぱやめた」

ハッ。俺は我に返って冬瓜の裏に隠れた。

弟は別の果物をつまんだ。

「やっぱ最初はさくらんぼにする。あーん」

あーん……。やっぱり俺もつられて口が開いてしまうのだった。ヨダレがだらりと口の端からしたたり落ちた。何しろここ数日ロクなものを食ってないし特に今朝は意地を張って何も――

「見ろ二郎丸。父上だ」

兄の明るい声に、弟が手を止めた。

「父ちゃん」

ハッ。俺は我に返って冬瓜の裏に隠れた。

イノシシの顔をしたバケモノがやって来てしゃがみ、兄弟の肩を抱いた。剣を腰に差したたくましい体。長い鼻と二本の大きな牙《きば》。ライオンのたてがみのような黄金色の髪と顎髭《あごひげ》はいかにも強そうで、それでいて息子たちの前で優しそうな顔をほころばせている。

「一郎彦。二郎丸。稽古《けいこ》に励んでいるか？」

「はい」声を合わせて兄弟は返事をした。

一郎彦、と呼ばれた兄の方が身を乗り出す。

「父上。私にも稽古をつけてください」

「もちろん。すぐにでも……」

言いかけてイノシシの剣士は後方を見た。後ろには水牛やサイなど屈強そうなバケモノたちが揃いの上着でびっしり並んでいた。背にはイノシシの牙を組み合わせた紋が染めつけられている。イノシシの剣士がこの者たちの長《おさ》なのだろう。兄弟たちに向き直って言った。

「時間を作るから、もう少し待っていてくれるか？」

「えーまた？」

二郎丸、と呼ばれた弟は不満そうだった。

が、兄の一郎彦は健気《けなげ》に笑顔を向けた。

「はい」

「済まぬな」イノシシの剣士は立ち上がる。

と、広場の中心に何かを発見したようだった。「熊徹！」

熊徹!? 俺はハッとして見た。

昼時のバケモノでごった返す広場で、熊徹は俺をキョロキョロ捜していたのだった。

「おう猪王山」

猪王山、と呼ばれたイノシシの剣士は、熊徹のところへ進み出た。

「貴様もとうとう弟子を取ったそうだな。噂を聞いたぞ」

「ああ。それが早速どっか行っちまってよ。見かけなかったか？ こんなちっこいガキなんだが」

「子供？ お前自身が子供のようなのにか？」猪王山は大げさに驚いてみせる。

「ちっ、うるせえなあ」

やりとりの雰囲気から、この二人は旧知の仲だということが伝わってくる。

「これは二人の子の父親としての意見だが、何の経験もないお前にはとても保護者は務まらん」

「ああそうかい。オレはこうしようと一旦《いったん》決めたらそれ以上曲げねえ性分でね。それより九太だ。まったく人間のガキってのはすばしっこくてよ」

その言葉に、穏やかだった猪王山は、ハッと息を呑《の》んだ。

「……人間だと？　おい、弟子というのは人間の子供のことか？」

そのときだ。

「師匠」

油断した俺は、猪王山の弟子の水牛に捕まってしまった。

「痛《いて》え！　放せ！」

弟子の水牛は俺の髪の毛を摑《つか》み、高々と掲げてみせた。

宙に足をばたつかせる俺に、広場のバケモノたちの視線が一斉に集まった。「人間？」「なぜ人間が我らの世界に？」……。

一郎彦と二郎丸の兄弟も呟《つぶや》く。「人間。あれが……」「なんで人間なんかがいるんだ？」

「おお九太！」

捜したぜ、と言わんばかりに熊徹が笑顔を向けた。が、その肩を猪王山は制すように摑むと張り詰めた声で言った。

「待て熊徹。悪いことは言わん。あの子供を元の場所に捨て置いてこい」

「なんだよ人間の一匹や二匹ぐれえ」

猪王山はただならない緊張を漲《みなぎ》らせる。

「お前や皆は知らぬかもしれぬが、なぜ我らバケモノと人間が棲《す》む世界を異にしているか。人間はひ弱が故に胸の奥に闇を宿らせるという。もし闇につけ込まれ、手に負えなくなったら……」

「闇？　へっ、あいつの中にそんなものがいるようにゃ見えなかったがね」

「聞け！　お前ひとりの問題ではないのだ」

「オレの弟子をどうするかはオレが決めるんだよ」

「いいか警告するぞ。渋天街の皆のためにもやめろ！」

猪王山はついに恫喝《どうかつ》するように声を荒らげた。思い思いに寛《くつろ》いでいたバケモノたちは、足を止め背伸びして何事かと見守る。

熊徹と猪王山、対峙《たいじ》する両者の間に、緊張した空気が走った。

「皆のため？　もう新しい宗師にでもなったつもりか、猪王山よ」

「なに？」

「なら力ずくで止めてみろよ。なんなら跡目の決着、今ここでつけたっていいんだぜ」

その一言で、広場は沸き立った。

「猪王山と熊徹の対決だ！」

誰かが声を上げた。

「待ってました！」「新しい宗師が決まるの？」

バケモノたちが一斉に退《しりぞ》いて場所を空ける。

その中心で、両者はゆっくりと間合いを取る。熊徹は、猪王山を睨《にら》みつけながら太陽の紋の入った赤い上着を脱ぎ、地面に放った。

バケモノたちをかき分けて百秋坊が叫んだ。

「熊徹！　落ち着け！」

一方、多々良は無責任に煽《あお》る。

「いいぞやれやれえ！」

バケモノたち全員が、決着を望む空気に満ち満ちている。

その片隅、件《くだん》の強面《こわもて》三人がコソコソと顔を突き合わせている。

「オレは猪王山」

「オレも猪王山」

「オレも猪王山」

「それじゃ賭《か》けにならねえだろ」

決して乗り気でない猪王山は、やれやれとため息をつくと仕方なしに上着を脱ぎ、傍らの一郎彦に渡す。

心配そうに一郎彦が見上げる。「父上」

「下がっていろ」

猪王山は帯から下げ緒を解き、刀を鞘《さや》ごと引き抜くと右手に持ち替え、刃の方を下にして一礼する。

が、熊徹は一礼もせず、ニヤつきながら体をひねってストレッチをしている。

バケモノたちはその態度にざわつく。「なんだ熊徹の野郎」「礼儀を知らんのか」「準備運動?」「馬鹿にしてんのか」「猪王山を見習え」……。

一郎彦も熊徹に憤る。

「作法に則《のっと》れ!」

「あいつに作法なんてあるかよ」

多々良は平気な顔で見物を決め込む姿勢だ。

対照的に百秋坊は心配性らしい。

「あのバカ、この場の全員を敵に回しおって……」

バケモノたちのブーイングの嵐の中、熊徹は勢い良くシャツを脱いで上半身裸になると、不敵な表情を見せる。石畳に膝《ひざ》をついて刀礼したあと、落ち着いて下げ緒を帯に結びつける猪王山とは、まさに対照的だ。

俺は、髪の毛を摑まれてぶら下げられたまま、猪王山の弟子の水牛に訊《き》いた。

「これから斬り合いになるの?」

「刀を抜くのは宗師さまが禁止した」

弟子の水牛は親切にも自分の刀の鍔元《つばもと》を見せてくれた。「みんな鍔と鞘を紐《ひも》で結んで抜けないようになってる」

「へー」

俺は感心したように鍔元を覗《のぞ》き込んだ……ように見せかけて、体を反動させると弟子の水牛の脇腹の一点を思い切り蹴《け》った。

「うぎげっ！」弟子の水牛はあまりの痛さに変な悲鳴をあげて、思わず俺を手離した。

俺はその隙に逃げ出し、人混みに紛れた。

「ま、待てコラ！　どこ行った？」

バーカ。もう捕まるもんか。

猪王山への歓声が響く中、毛むくじゃらの上半身に大太刀を引っ掛けた熊徹は、ガードの低いボクシング風の構えで俊敏にフットワークしつつ、猪王山の周りで挑発するように左右の構えを頻繁にスイッチさせる。と、その場でランニングのようなダンスまがいのパフォーマンスを繰り広げたかと思えば、突然体をひねり、カポエラ風の側転から宙返りを披露する。広場のバケモノたちは意外なコンビネーションにおおっ、とどよめく。熊徹はおまけのカポエラ側転を見せバケモノたちを盛り上げると、腕をくるくると回転させて歓声に応《こた》えた。

「やるな熊徹も！」「すげえ！」「もっとやれえ！」

歓声に熊徹は胸を張って見せた。

が、それらの挑発に猪王山は一切動じない。

その対比が喜劇のように可笑《おか》しいらしく、多々良は手を叩《たた》いて喜ぶ。「ギャハハハ！」

その横で百秋坊は「何をやっとるんだバカめ！」と頭を抱える。他人のやることが我が事のように恥ずかしい性質《たち》らしい。

熊徹が軽やかなフットワークで間合いを見極め前後するのを、俺はバケモノたちの隙間から見た。

その瞬間。

突然の熊徹の左ストレートが、猪王山に飛ぶ。

が、猪王山は無駄のないバックステップとスウェーでかわす。

下がる猪王山に熊徹の追撃の右、そして左、スイッチすると続けて2発の左ジャブから右ストレート、右回し蹴りのコンボ。ダッキングする猪王山に間髪容《い》れず素早いステップでフェンシングのような右ジャブから、鋭い左。

だが猪王山は巧みに体を入れ替えて逃れると、熊徹と大きく間合いを取った。

全てを見切ってかわしたパフォーマンスに、賞賛の拍手が巻き起こる。

「おおおお！」「さすが猪王山だ」「1発も当たってないぜ」……。

熊徹は不敵な横目で、猪王山に手招きした。そのジェスチャーは『今の貴様と同じことをオレもやってやる、打って来な』という意味だ。広場にどよめきが広がった。そんなことができるのか？　と。猪王山は、ほんの少しの戸惑いを感じたようにまばたきをすると拳《こぶし》を上げる。本当に打っていいのか？　というまばたきだ。熊徹は薄ら笑いで答えた。

猪王山の、先ほどの熊徹と同じ左拳から始まるコンボ。

熊徹はノーガード、最小のバックステップで歩くようにかわして行く。

観客のどよめきが、熊徹の気を良くさせる。

と、その一瞬の隙に猪王山の鋭い拳が飛ぶ。

バゴッ、と鈍い音がして、熊徹の顔面にめり込んだ。

「あっ！」

俺は顔を引きつらせた。

殴られた鼻面を押さえる熊徹は、先ほどのような余裕はもうなかった。猪王山の攻撃をいっぱいいっぱいの必死な目で避ける。みっともないほどのオーバーアクションはまさに喜劇さながらに観客の笑いを誘った。それもつかの間、両手を離した鼻血滴る熊徹の顔面に、またもや猪王山がクリーンヒットを決める。

「やった！」一郎彦と二郎丸はガッツポーズを取る。

「バカめ！」

呆《あき》れる百秋坊の隣で、多々良はバカ笑いを上げる。「あはははは！」

痣《あざ》だらけの顔をぶんぶん振って、熊徹は正気を取り戻す。ズズッと鼻血を吸い込むと、力任せに大振りで猪王山に立ち向かう。

が、カウンター狙いの猪王山のしなやかな左の蹴りが、熊徹の胸に炸裂《さくれつ》した。

ドオオオン、と大きな音を立てて、熊徹の体はあっけなく地面に沈んだ。

「ああっ！」俺は思わず悲鳴を上げた。

バケモノたちの歓声と拍手に包まれた猪王山は、ガードを解いて倒れた熊徹に軽く礼を終えると、悠々と戻ってゆく。

が、歓声が途中でどよめきに変化するのに気づいて、ゆっくりと振り返った。

熊徹だった。

あれほど見事な蹴りを受けたはずなのに、ふらつきながらも立ち上がっていた。

「……まだまだ！」

幾分ダメージはあるものの、まだまだ気合充分の様子だ。肩から下げた大太刀を腰に回すと、相撲の立ち合いのように低く構えた。

両手の赤毛がブォッと音を立てながら逆立った。続けて全身の毛も次々と逆立っていき、体が元の何倍にも膨らむ。

「……！」

俺は息を呑《の》んだ。

熊徹は、野生の凶暴な熊そのものへと変身したのだ。

一郎彦が心配げに声を上げる。

「父上！」

「案ずるな」

猪王山はシャツを脱ぎ捨てると、地面に指をつく。

黄金の毛が逆立つ。ばかりでなく、その指までも猪の蹄《ひづめ》に変化した。全身の毛と筋肉を膨らませ、猪王山は野生の猪そのものの姿になった。

バケモノたちの驚くべき変化に、俺は言葉もない。

だが観客たちにとってはこのような変化は当然のようで、楽しんでいる様子だ。行司さながら一斉に「はっけよーい」と声を揃えた。

「のこった！」

両者は四つ足で突進すると、頭と頭を激突させた。

ドオオン、と衝撃で地面が揺れた。露店に並べられたワイングラスがガチャガチャとぶつかり合う。

間髪容れず、両者の巨体が猛スピードでぶつかり合う。

またもや激しい衝撃が広場を震わせた。露店にぶら下げられたエイの干物がぴょんぴょんはねあがった。

三たび衝突する両者は、その反動でのけぞりながらも、その場で体勢を改め、初めて組み合った。

双方譲らず拮抗《きっこう》する光景はまさに相撲そのものだ。

まず先制したのは猪王山だった。力押しで寄り切ろうとするが、熊徹がギリギリ片足で踏みとどまる。おっとっと……となんとかバランスを取って持ちこたえると、今度は熊徹がぐいぐい押してゆく。

「ぬ……ぬぅおおおお！」

押し込まれて猪王山の汗だくの表情が歪《ゆが》んだ。

勝機を確信するように熊徹はニヤリと笑うと、

「うおらあああああ！」

気合とともに押しまくる。

踏ん張る猪王山の後ろ足の蹄が石畳を滑る。熊徹の膨張したふくらはぎが、空回りしつつも確実に押してゆく。猪王山は広場の端の露店ギリギリのところでなんとか踏みとどまった。だが苦痛に表情が歪んでいる。

観客から悲鳴にも似た吐息が漏れる。「猪王山が追い込まれている」「勝負は決まってしまうのか？」

熊徹は玉の汗を顔いっぱいに浮かべながらも、力を緩めようとしない。

もはや力の限界であるかのように、猪王山は苦しげに目を閉じた。

そのとき、

「がんばって猪王山！」

父親に肩車されたバケモノの少女が、声を張り上げた。

「!?」

それをきっかけにバケモノたちから次々とコールが上がる。

「猪王山……！　猪王山……！」

バケモノたちの不安な顔は、声援が増えるとともに変化していき、やがて拳を振り上げた大合唱となってゆく。

「猪王山！　猪王山！　猪王山！」

どこを見ても猪王山の応援一色だった。

「誰も……誰もあいつを応援してない……」

俺は、熊徹がこの街の中で、どんな位置にいるかを感じ取った。

「あいつは、このバケモノたちの中で、ひとりぼっちなんだ……」

猪王山は、大声援に息を吹き返したようにカッと目を見開くと、残る力を振り絞りながら前へと押し戻してゆく。少しずつ、しかし着実に。その一歩一歩に声援は高まってゆく。

「ぬ……ぬおお!?」

まさかの逆転が信じられないといった表情の熊徹は、徐々に、しかし確実に押し戻されていく。猪王山は押し戻す力をどんどん強め、広場中央まで戻ったところで、気合とともに熊徹を投げ飛ばした。

「うぐっ!」

吹っ飛んだ熊徹は、石畳に体を打ち付けると、土埃《つちぼこり》の中で体が縮み、元の姿に戻ってしまった。

大喝采《だいかっさい》が広場のあちこちから沸き起こる。

「やった!」「さすが猪王山!」……。

猪王山も元の姿に戻って、立ち上がりつつ肩で大きく息を整えている。

一方、立ち上がれぬままの熊徹は、荒い息の中、おぼつかない手つきで腰の下げ緒を引き、大太刀を手繰り寄せる。

「まだやる気か?」と猪王山。

「……おめえに勝つまでやるぜ!」

鞘《さや》を持ったまま下げ緒を乱暴にほどくと、大太刀をガツンと地面に突き立てた。

「もうやめとけ」

猪王山の息はもう元に戻っている。冷静な言葉だ。

熊徹は大太刀を支えにして、やっとのことで身を上げる。

「なんの……！　まだまだっ！」

太刀を握ったまま、熊徹の上体が下へ傾いて行く。そのまま倒れてしまうのではないかと思った時、低い姿勢から加速して走り込み、鞘ぐるみの大太刀を力任せに振り上げる。

猪王山は瞬時に下げ緒をほどいて刀を鞘ごと抜くと、それを受け止める。

ビイイィィン、と鞘同士が振動する。熊徹のバカ力は、さしもの猪王山も柄《つか》を握っていられないほどの衝撃を与える。熊徹の渾身《こんしん》の二太刀が振り下ろされる。あとずさりする猪王山が、今度は両手で受け止める。

ビイイィィン、と再び振動音が響き、猪王山は体ごと流される。

「ゼエ……ゼエ……」

疲労困憊《こんぱい》の熊徹は、もう立っているだけで精一杯のように見えた。それでもなお、大太刀を構える。

猪王山もそれに応《こた》え、構える。

広場は、バケモノたちの猪王山コールが響き渡る。が、両者の間は、まるで静寂が支配しているかのように、動かない。長い睨《にら》み合いが続く。

均衡を破ったのは熊徹だった。

次の瞬間、鞘と鞘が激しく打ち合わされる。

圧倒的な猪王山コールの中、懸命に太刀を振るう熊徹を、俺はじっと見ていた。

「……」

拮抗はそう長くは続かず、すぐに熊徹が劣勢になった。熊徹の頬が刀でみじめに打たれる。汗が雨みたいに石畳に飛び散る。

「やっちゃえ父ちゃん！」二郎丸が嬉々《きき》として叫ぶ。

俺は、熊徹をただじっと見ていた。

「……！」

再び熊徹は打たれ、無残によろける。鞘の打撃とはいえ、全身に打撲痕《こん》が次々と出来る。

「ああっ……！」多々良は思わず眼を覆う。

顔面蒼白《そうはく》の百秋坊がつぶやく。「熊徹……！」

俺は、歯を食いしばり、じっと見ていた。

「……!!」

下から熊徹のアゴが突き上げられる。

猪王山の勝利を予感し、バケモノたちの盛り上がりは最高潮に達する。

俺は、その様子を見ながら、言い知れない怒りに全身が震えるのを感じた。もう我慢がならない。ただ黙って見ているのは、限界だ。

俺は、いっぱいに声を張り上げていた。

「負けるな！」

「!?」

熊徹はハッとした。

喧騒《けんそう》の中でも、俺の声は、はっきりと熊徹の耳に届いた。

バケモノたちが不審そうにざわつく。「誰だ今の声は？」「まさか、熊徹を応援する奴がいるとは」……。

打撲痕だらけの熊徹は、広場をきょろきょろと見回す。

そして、ついに俺を発見した。

俺はそれに応えるように、バケモノたちの中でたったひとり、叫んだ。

「負けるな!!」

熊徹は、驚きに眼を見開いた。

「……きゅう……」

俺の名を最後まで呼ばないうちに、猪王山の刀の柄が、熊徹の顔面にめり込んだ。

バキィッ、と凄《すさ》まじい音がして、熊徹が吹っ飛び、宙を舞った。

「ああっ！」

多々良と百秋坊が悲鳴をあげる。

「決まった！」

一郎彦は父の勝利に歓喜する。

ゆっくりと熊徹の体が漂い、地面へと落下していく。

と、

「そこまで」

声が、広場全体に響いた。

熊徹が地面にバウンドする。

いつの間にか、両者の間に手を広げて立つ、二本の長い耳を持つ姿があった。

猪王山はハッと気づき、素早く刀を右手に持ち替えると、礼をした。

「宗師さま」

広場のバケモノたち全員が、慌てて礼をする。

宗師、と呼ばれたのはウサギのバケモノだった。熊徹や猪王山に比べてぐっと背丈が低く、白髪、白髭《しらひげ》の老人だった。そのかわりふさふさの襟のついた派手な刺繍《ししゅう》入りの掻巻《かいま》き姿は、バケモノたちの誰よりも目立っていた。

「なにをしておるか。試合には早い」

宗師さまは威厳ある態度で言うと、ウサギみたいな愛らしさでぴょんと跳ねた。

「わしはまだ何の神になるか決めておらぬ」

猪王山は進言する。

「宗師さま。人間を引き入れた熊徹を罰してください」

「ふむ。しかし罰と言っても、こやつはお主がのしてしまったではないか」

宗師さまは優しい目で、地に伏せる熊徹を見下ろす。ズタボロの熊徹は、少しも体を動かせないまま、ひとりごとのように唸《うな》っている。

「……誰が何と言おうと、あいつはオレの弟子だ……」

「ほほう。覚悟はあるようじゃ」

とぼけた宗師さまの口調に、猪王山は驚いたように目を見開いた。

「例外を認めるのですか!?　気の毒だが熊徹に責任など取れない！」

「責任はわしが取る。弟子を取れと焚《た》き付けたのはこのわしじゃからの」

いつの間にか宗師さまは猪王山の後ろにいた。まるで瞬間移動の不思議な術のようだった。混乱する猪王山は振り返って訴えた。

「ですがもし闇を宿したら」

「なにもヒトのすべてが闇に飲み込まれるわけでもあるまいて」

瞬《まばた》きの間もなく宗師さまは熊徹の傍にいた。抗議したい猪王山は、ただ翻弄《ほんろう》されていた。

「しかし……！　どうしてそう熊徹に甘いのですか？」

言い終わらないうちに、いつのまにか宗師さまはバケモノたちの輪の向こうにいた。

「話は終わりじゃ。解散」

猪王山は大きくため息をつき、

「熊徹。宗師さまの寛大なお心に感謝せよ」

と言い残すと、大股《おおまた》で去っていった。

広場のバケモノたちが三々五々散って、それぞれの仕事に戻っていく。気がつけばもう日は傾いて、午後の気だるい日差しに変わっていた。

その中で俺はひとり、熊徹をじっと見ていた。

やっとのことで熊徹は起き上がり、俺に気づくと、しばらく呆然《ぼうぜん》と見ていた。が、次の瞬間には、バツが悪そうに目を逸《そ》らした。


夕方の日差しが、渋天街を包む。

傷だらけの熊徹はうなだれて帰り道の階段を登り、ときおり立ち止まっては、

「くそっ！　うおおおっ！」

と、負けたのが腹立たしいようにどこへともなく吠《ほ》えた。俺は、その背中をずっと

見ながら、少し距離を置いて後を追った。

小屋に着く頃には、すっかり日は暮れていた。

扉を開けると、朝出てきたままの乱雑な状態の中で、ソファにふて寝する熊徹の広い背中があった。背中の太陽の紋が、夕日みたいにしぼんで見えた。

俺は言った。

「あんた、強いな」

熊徹は生傷だらけの顔をちょっと向けて、

「何を見てたんだおめえは」と言うと、再びそっぽを向いた。

俺は続けた。

「もし、あんたといて本当に強くなるなら、俺、あんたの弟子になってやってもいいぜ」

「……ふん。どうせまた逃げ出すんだろ」

俺はそれには答えず、倒れた椅子を戻して座り、籠《かご》の中の卵を見た。

「これ、まだ賞味期限あるよな」

もちろん朝に生みたてだった卵は、夕方でも充分に食えるはずだった。朝の残りの冷や飯に卵を割り入れ、箸《はし》をひっ摑《つか》んでぐちゃぐちゃにかき混ぜた。

熊徹は、その音に顔を上げて、背中越しにこちらを窺《うかが》っている。

少し俺は迷った。が、目をつむると覚悟を決め、思い切って口に放り込んだ。
二、三回もぐもぐと噛《か》んだ。
が、俺の嫌いな生臭さが口いっぱいに広がって、冷や汗が全身から吹き出た。やばい。だが気合とともに無理やりに飲み込んだ。

とたん、胸の奥からキモチワルさがこみ上げてきた。

「オエーッ！」

それでも、精一杯の力で、熊徹に顔を向けた。

「う、うめえ……！」

もうヤケクソだった。生臭かろうがなんだろうが、全部食ってやる。どんぶりごと食ってやる。

気がつくと熊徹はこちらを向いて、俺が食うのを茫然《ぼうぜん》と見ていた。

何がおかしいのか、目を見開いて、ニヤついていやがった。

「へへ……。よし九太！　しっかり鍛えてやるから覚悟しとけ！」

さっきまでしょぼくれていたのは、どこかへ吹き飛んじまったらしい。熊徹は身を反らせてワハハハと、豪快に笑った。

俺はそれどころではなく、次々に襲い来る吐き気と戦いつつ、涙目になりながら喰《く》い続けた。

「ウッ……オエッ！」

熊徹の笑い声は、小屋の外まで響いた。

「ワハハハハハ！」

こうして俺は、この日から「九太」になったんだ。

弟子

百秋坊は、渋天街に棲《す》むバケモノの男たちの共通の着こなしを教えてくれた。七分丈のパンツを穿《は》くこと。帯を締めること。シャツの裾《すそ》は帯の中にインすること。そして帯の結び目は右ではなく左側に作るのが熊徹流だ、と付け加えた。市場から背の低い俺に合うサイズの古着を一揃え調達してくれていた。

ぐちゃぐちゃに散らかる衣装部屋の片隅で、俺は今までの薄汚れたTシャツを脱ぎ捨て、生成りのシャツに袖《そで》を通し、薄い緑色のパンツを穿き、朱色の帯を締めた。

俺はこれからバケモノたちの中でやってゆくんだ、と覚悟を決めた。

裏庭で、熊徹が待っていた。

『裏庭』と呼んではいるが庭ではない。石造りのどっしりした建物はかつては倉庫だったそうだが、今では屋根も落ちて陽光が差し込み、床のタイルの隙間からひょろりと伸びた菩提樹《ぼだいじゅ》の若木が小さな日陰を作っているだけの、荒れ放題の廃墟《はいきょ》だった。勝手に熊徹が稽古《けいこ》場所に使っている。

長椅子に片肘《かたひじ》突いて寝そべる多々良のとなりで、百秋坊が携帯用の茶道具で、ツユ茶を淹《い》れている。どこからか鳥が囀《さえず》り、蝶《ちょう》がひらひらと風に揺られていた。まるでピクニックにでも来たようなのどかさだった。

着替えを終え裏庭に入ってきた俺を、

「ほう。よく似合うぞ九太」

と百秋坊が褒めてくれた。が、

「うるせっ」

熊徹がぴしゃりと制した。稽古着姿の俺を居心地悪そうに眺めている。バケモノの服を人間の俺が着ているのだから、まるで似合わないと思うのだろう。俺にしたってこんな姿の自分にちぐはぐな気分でいるのは同じなんだ。

熊徹は、まあいいや、というように「フン」と鼻を鳴らすと、枝を折って作っただけのただの棒を左手に構えた。

「オレが今からやるのを見てろ」

どうやら剣術の型を見せるようだ。俺は緊張して注目した。

熊徹は、棒を上段に構えると、ビュンと一気に振り下ろした。

「……!?」

不意打ちのような強烈な風圧に俺はのけぞった。ズザザと枯葉や小枝が一斉に宙に浮き上がる。熊徹が棒を上に横にと払うたびに、やや遅れて空中の枯葉が方向を変えながら舞う。瞬間的に竜巻が引き起こされたみたいな凄《すさ》まじいパワーだった。にもかかわらず棒の切っ先の軌道が限りなく滑らかで、美しく無駄がない。まるで真剣を使った演武を見るかのようだった。ただの棒切れで、なぜこのようなことができるのか？

「……」

俺は唖然《あぜん》として言葉もなかった。

「見事見事」

多々良がパラパラと拍手する。「こいつほどの天才は、猪王山のほかにはいねえぜ」

その言葉にただのガキで素人の俺ですら納得せざるを得なかった。一体どれほどの修行を積めば、棒一本をかくも自在に使いこなせるのか。

熊徹は、棒をひょいと俺に投げて寄越した。

「わかったか。わかったらやれ」

「え？　やれって言ったって……」

あれを？　ちょっと待って。できるわけない。無理に決まってるだろ。

と言おうとしたら、

「九太、ガンバレ」

ツユ茶を淹れながら百秋坊がにこやかに励ます。

ハッとした。ここで生きて行くと決めたんだ。無理でもやるしかないんだ。

俺は覚悟を決め、見様見真似に棒を振った。

「えいっ。やあっ。やあっ」

先ほど熊徹が小枝のように振り回していた棒は、俺の手には鉄みたいに重かった。それでも精一杯振った。どうせ見様見真似にもなっていないんだろう。でもそんなこと知るか。力任せに振り回していると、不意に手から棒がすっぽ抜けた。

「あっ！」

カランカラン、と棒がタイルに跳ねる音がむなしく響く。うふっ、と多々良が噴き出す声が聞こえる。

熊徹は何も言わないままこちらを見ている。

顔から火が出るほど恥ずかしい。

だが俺はそれにへこたれず、棒を拾い上げると素振りを続けた。

「えいっ。やあっ。やあっ」

頑張ってさっきよりも大振りに振った。そしたら棒の先がぐるんと回って自分の太ももに直撃した。

「いたたたっ」俺は足を押さえてぴょんぴょん跳ねた。

熊徹は何も言わないままこちらを見ている。

嫌な汗が吹き出し、顔がべたべたになった。

だが俺はくじけず、いや、意地になって棒を振り続けた。

「やあっ。やあっ」

「……やめろ」

「やあっ。やあっ」

「やめろ！」

熊徹が怒鳴って止めさせた。

俺は恥ずかしくて、熊徹を見上げるのもやっとだった。それでも精一杯強気で言った。

「ど、どこを直せばいい？」

そしたら茶碗《ちゃわん》片手の多々良が、聞こえよがしに皮肉を投げかけてくる。

「へっ。直すだってよ。笑かすぜ」

「しっ、しかたないだろ初めてだし」

「ギャハハ！　初めて！　僕初めて！　ギャハハ！」

ふざける多々良の容赦のない嘲笑《ちょうしょう》が裏庭に響く。俺は絶句するしかなかった。多々良の言うことは熊徹の代弁だ。言われてもしょうがない。百秋坊は気の毒そうに助け舟を出してくれた。

「ただやれと言ってやれるものか。熊徹、ちゃんと一から説明してやれ」

「せつめいぃ？」

「それが師匠の務めというものだろう」

熊徹はしばらく考えていたようだったが、

「……仕方ねえ」

ため息をつくと、熊徹なりの「せつめい」を始めた。

「まずはだな、剣をグーッと持つだろ？」

「うん」

「そんでビュッといって」

「いって」

「バーン」

「……」

俺は唖然とした。擬音を並べただけの説明に。

ところが、

「な？　わかったろ？」

と熊徹は満足げに言った。簡単だろ？　と言わんばかりに。本人は充分に説明しているつもりのようだった。

「え……？　そ……それだけ？」

そう言うと、熊徹の表情が急に曇った。

「いやだから」

「うん」

「グーッと持って」

「持って」

「ビュッといって」

「いって」

「ドーン」

「……」

「な？」

と熊徹は俺を見た。さすがにこれでわかったろ？　と目で訴えかけてくる。俺はさっぱりわからない。だがわからないなりにやってみるしかない。

「ぐ……、グーッと？」

「いやだから」

熊徹の口調にイライラが募っていくのが伝わる。

「グーッと！」

「グーッと？」

「違う違う。グイーッと」

「グ、グイーッと？？」

「違う違う違う。グゥエーッと！」

「グ……グゥエー？？」

「違う違う違う違う。ギュエエーッ！」

「ギュエエー！」

「ギョエエエーッ！」

「ギョエエエー！」

「違う！　違う違う！　全然違う！　ったく勘の悪い奴だな！」

　かんのわるいやつ。

　熊徹は何の気なしに使った言葉だろう。

　だが俺にとっては違う。その一言がぎりぎり持ちこたえていた自尊心を撃ち抜いた。

　瞬間、頭に血が上った。

「……やってられるか！」

「なに？」

「そんな教え方でできる訳ないだろ！」

「つべこべ言わずにやれ！」

「イヤだ！」俺はぷいっと背を向けた。

「やれ！」

「イヤだ！」

「ええいくそっ！」

怒りに熊徹は頭をかきむしる。

百秋坊がとりなすように言う。「九太は初心者だ。もっと噛《か》み砕いてだな……」

「ああわかったよ！　じゃあ懇切丁寧に言ってやる！」

熊徹は自分の胸を手で摑《つか》んで、俺に迫った。「胸ん中で剣を握るんだよ！　あるだろ、胸ん中の剣が！」

「は？　そんなもんあるか」

「胸ん中の剣が重要なんだよ！　ここんとこの！　ここんとこの!!」

目をかっぴらいたまま胸を何度も叩《たた》き、切実そうに訴えてきた。

「わかったらやれ！」

「……」

「やれ!!」

「……」

俺の返事を熊徹はじっと待っているようだった。だが俺は意地になって振り向きもせず答えもしなかった。

やがて熊徹は、チッと舌打ちすると、踵《きびす》を返し、裏庭を出て行った。

「どこへ行く熊徹」

百秋坊はハッと立ち上がると、大股《おおまた》で去る熊徹の後を追った。「なんだあいつ、怒鳴り散らすばかりで。熊徹。待て、熊徹……」

熊徹と百秋坊の姿が見えなくなる。

「なにが胸の剣だ、バーカ」

俺は腹立ち紛れに棒を振りまくった。なんだあいつ。わけわかんねえことばっかり言って。ろくに説明もせず怒鳴ってばっかりじゃねえか。しかもちょっとやっただけで「勘が悪い」だって？　冗談じゃねえよ。決めつけるんじゃねえよ。俺の何を知ってんだよ。くそっ。馬鹿熊が。くそっ。くそっ。

「おまえさ……、もう里に帰《けえ》んな」

一人残った多々良が言った。

「え？」

多々良はもう笑ったりふざけたりしていなかった。重く厳しい口調だった。「弟子っつったら5年や10年の修行はザラだ。そんな生っちょろい覚悟で熊徹の弟子が務まるかよ。ただ喰《く》っていきてえだけなら、人間の世界で面倒見てもらえ」

俺は何も言い返せなかった。

「……」

「ここにゃおまえの居場所なんかねえ。わかったら自分から失《う》せろ」

多々良は立ち上がり、裏庭を出て行った。

俺だけが、ポツンと取り残された。

朝食の後、熊徹の小屋はがらんとしていた。

前庭で鶏たちがのどかに餌をついばんでいる。ぶらりとやってきた百秋坊がうちわでパタパタ扇《あお》ぎつつ、お経の頁をめくっている。

ところが熊徹の姿はどこにも見えない。

「……あいつは?」

「さーてね。2、3日いないようなことを言っていたが……」

百秋坊は顔を上げてあたりを見回した。

思い切って、俺は尋ねた。

「教えて。弟子って何をやるのか」

「急にどうした？　昨日のことか？」

「……別に」

とはいうものの、多々良の言葉が重くのしかかっていたのは事実だ。初心者だから、まだ子供だから、などという考えではまったくお話にならない、ということだ。

「そうだな、まずは掃除、洗濯、炊事、といったところかな」

百秋坊は、弟子の仕事と思われることをざっくり説明し、それぞれの段取りとコツを簡潔に示してくれた。

俺は言われるままにワイヤーにぶら下がる熊徹の服を次々と引っ張り下げて外に出し、また小屋の中の家具だのカーペットだの空瓶だの靴だのを、全て前庭に運び出した。

小屋には掃除機などというものはない。箒《ほうき》を手に、掃き掃除を始めた。尋常じゃない埃《ほこり》の量だった。顔にタオルを巻いていなければとてもその場にいられないほどの埃だ。百秋坊がゲホゲホと咳《せ》き込む。鶏たちですら慌てて逃げ出すほどの埃だ。一体、何年まともに掃除していないんだろう？

掃き掃除では取れない汚れが、床や壁にびっしりこびりついていた。主に空瓶からこぼれた酒やはちみつが乾いて固まったものだった。小屋に水をぶちまけて水浸しにしたあと、四つん這《ば》いになり汚れのひとつひとつをタワシでこすってそぎ落としていった。

翌日は洗濯に取り掛かった。積み上がる大量の衣類を生地の種類ごとに分ける。もちろん小屋に洗濯機などない。タライの水につけて洗濯板でゴシゴシこする。洗濯に使う板というものを俺は初めて見た。指先の腹がすぐにふやけてしわしわになった。

百秋坊は箒の掃き方、雑巾《ぞうきん》の絞り方、タワシの擦《こす》り方、洗濯板の使い方をその都度、短い言葉で的確に示してくれた。だが俺を慮《おもんぱか》ってのことだろう、弟子の仕事に手は出さない。ただ戸口にもたれたり、窓辺で頰杖《ほおづえ》をついたりして、見守っているだけだ。

地平線まですっきり晴れ渡って、気持ちのいい洗濯日和だった。屋上の物干しに洗濯物を干した。百秋坊は後ろで椅子に腰掛け、うちわをパタパタあおいでいる。

「熊徹のことは放っておけ。あいつはすぐに頭に来る性質《たち》だが、翌日にはすっかり忘れてケロッとしている。こっちが気に病むだけ損だ」

「だから違うって」

「それじゃシワになる。もっと振りさばいて」

「あ」

アドバイスに従ってやり直し、入念に振りさばいた。

次の朝は、買い出しに出かけた。

露店で働く人々が早朝から準備に忙しそうだった。

広場の一角に猪王山の姿を見つけた。大勢の弟子たちに何事か指示を出している。百秋坊の話では、猪王山は議員も務める渋天街の名士で、主宰する武術館「見廻組」は渋天街の警察活動の一部を担っているらしい。たくましく頼りがいがありそうな横顔だった。それでいて弟子たちに柔らかな物腰で接している。あんな師匠なら、誰だって弟子をやるのも悪くないだろう。

午前中の広場に朝市が立った。色とりどりのパラソルの下に、積み上げられた野菜や果物が溢《あふ》れていた。農家が直接売りに来るので露店よりも少し安く買える。俺は百秋坊に渡されたリストと金を手に、市を回った。

店主たちは好奇と差別の入り混じった目で俺をじろじろ見た。

「人間に品物を売るのは初めてだよ」

「そうですか」

別の店では、年輩の女店主ふたりが興味本位にあれこれ訊《き》いてきた。俺は余計なことは言わないようにして品物を受け取った。

「人間がさ、いつまでいるんだい？」

「さあ」

そんなこと言われても俺にもわからない。籠《かご》いっぱいの荷物を両手に持って去る俺に、女店主たちが聞こえよがしに言う。

「なんだい、無愛想だね」

「ったく、しょうがないね、人間ってのは」

女店主たちは居心地が悪そうに言った。居心地が悪いのは俺だって同じだ。


そんなことで済むのなら、まだよかった。

帰り道、俺は猪王山の息子、二郎丸と、その仲間たちに囲まれてしまった。彼らはニヤニヤ笑いながら、俺をどこかへ引きずっていこうとする。仕方なく俺は奴らについて行った。そこは大人の目の届かないところ——学校のグラウンドだった。

突然、二郎丸は俺の背中を突き飛ばした。

「人間このやろ！　怪獣このやろ！」

二郎丸が何度も俺の背中を押した。両手が買い物籠でふさがっていて、俺はカエルみたいに倒されてしまった。籠から転げ落ちた野菜が砂地のグラウンドに散らばった。

頬と唇がすり切れて血の味がした。

けたたましくあざ笑う仲間たちの真ん中で、二郎丸が得意そうに腕を組んだ。きっとこいつらの大将が二郎丸なのだろう。

「父ちゃんが言ってたの、聞こえたんだ。人間はそのうち手に負えなくなるって」

「へー」

「どれ、おいらが今のうちに退治してやる」

二郎丸が拳《こぶし》を振り上げた時、

「やめろ二郎丸」

割って入ったのは、一郎彦だった。

「兄ちゃん」

「こんなひ弱なやつが、怪獣になどなるものか」

「おいら、弱いやつを見るとむかっ腹が立ってくるんだ」

一郎彦は、俺に手を添えて立たせ、

「今度弟がひどいことしたら僕にお言い。しかってやるから」

と優しげに言い、散らばった荷物を拾ってくれた。

後ろで見ていた二郎丸ががなる。「告げ口なんかしたら承知しねえぞ！」

「もうよせ二郎丸」

「兄ちゃんは強いぜ。仙人みたいに手を触れずに物を浮かせるんだ」それから兄にねだるように言った。「ねえ、あいつに見せてやってよ」

「ダメだ。力は見せびらかすためにあるんじゃない。優しさのためにあると、いつも父上が言っているだろう」

一郎彦は空を仰ぎ、憧《あこが》れのように言った。「僕はまだ子供だけれどしっかり修行して、いつか父上のような長い鼻と大きな牙《きば》の、立派な剣士になるんだ」

二郎丸はそんな兄を見て、瞳《ひとみ》をキラキラと輝かせた。

「……おいらもなる！　父ちゃんみたいにかっこいい剣士になる！」

さあ行くぞ、と一郎彦が、弟や仲間たちを連れて踵《きびす》を返す。

俺は散らばった荷物を拾い終わると、振り返って一郎彦を見た。

弟に話しかける爽《さわ》やかな横顔。耳の形に飛び出た帽子の下の、白い肌と端整な鼻筋。自信にあふれた目。この子はバケモノの子供の優等生なのだろう。

俺は、無性に悔しかった。二郎丸に突き飛ばされたからじゃない。仲間たちがあざ笑ったからじゃない。

一郎彦が、俺を「こんなひ弱なやつ」と呼んだからだ。

確かに、俺は弱い。

「……くそっ」

強くなりたいと思った。少しでも。


その晩、熊徹が小屋に帰って来るなり、大声で騒ぎ立てた。

「なんだこりゃ？　誰だ？　勝手に片付けたのは⁉」

「おまえの弟子だが」

こともなげに百秋坊が言う。おまえが何日か留守にしているあいだに小屋は見違えるように綺麗《きれい》になったろう、これも弟子の働きだ、褒めてやれ、と。だが熊徹は気に入らないらしい。玉のれんを蹴散《けち》らして台所に顔を出すと、

「余計なことするな！」

と鬼の形相で怒鳴る。

鍋《なべ》から器へ煮しめを盛り付けていた俺は、俯《うつむ》いてなるべく熊徹に顔を見せないようにしていた。だがそのことが逆に、熊徹に気づかせてしまったらしい。

「あ……？　なんだあ、そのほっぺたの傷ぁ？」


仕事終わりの多々良がぶらりとやってきて、食卓に加わった。

要するにこの三人は家族を持たないひとり身のバケモノたちで、もちろんそれぞれの寝床は別の場所にあるのだが、「溜《た》まり場」であるところの熊徹の小屋に顔を出しては、身を寄せ合って飯を食ったり茶や酒を飲んだりするのが昔からの習慣となっているようだった。

百秋坊に教わった煮しめは、一見なんの変哲もないが実は手が込んでいた。干ししいたけ、鶏《とり》だんご、こんにゃく。焼き豆腐、大根、里芋。そして人参。これらを別々に煮る。先に煮た材料から出た出汁《だし》の旨《うま》みを次の具材に移していく。百秋坊曰《いわ》く、こ

の方が同じ味にならずに具材別々の繊細な味が出て良いのだそうだ。

そうやって手間暇かけて染み込ませたせっかくの煮しめを、熊徹はさして味わいもせずポンポンと口の中に放り込んでいく。

「二郎丸にやられた？　へっ、情けねえ。やられっぱなしで恥ずかしくねえのかよ。呆《あき》れるね。あーあ。ったく」

俺はカチンときた。

「……確かに俺は情けないよ。弱いよ。言う通りだよ」

「わかりゃいいんだ」

「じゃあ俺も言わせてもらうけど、あんたはどうなんだよ」

「あ？」熊徹は、大根を持つ箸《はし》をハタと止めた。

「あいつは早起きだ。あんたは昼まで寝ている。あいつは忙しい。あんたは暇だ。暇なくせに何もしてねえ」

俺は腹立ち紛れに言ってやった。

大根を持つ熊徹の箸がぶるぶる震えている。

百秋坊が訊く。「あいつって、猪王山のことか？」

「あいつは忙しいのに丁寧だ。あんたは暇なくせに雑でいい加減だ」

「……何がいいてえ？」

「あんたがあいつに勝てない理由がよくわかったぜ」

その俺の一言をきっかけに、熊徹の箸に挟んだ大根はまっぷたつに割れた。

「なんだと、このやろう！」

熊徹の怒号をきっかけに、俺は一目散に小屋の外に飛び出した。後ろから熊徹が眼を吊《つ》り上げたすさまじい形相で追いかけてくる。

「コラ待て！　もっぺん言ってみろ！」

俺はぐるりと回って前庭の入り口からまた小屋に入った。熊徹も追って小屋に飛び込んでくる。俺はテーブル越しに不満をぶちまけた。

「何度だって言ってやるぜ！　あんたなんか最低だ！」

「なにー!?」

「落ち着け、ふたりとも」

百秋坊がとりなそうとするが熊徹は少しも聞きはしない。多々良は茶碗《ちゃわん》と箸を手に壁沿いに避難する。俺はまた小屋の外に飛び出してぐるりと回った。躍り出た熊徹もぐるりと回る。

「何様だてめえ、師匠に向かって！」

「師匠なら師匠らしくしろ！」

「なにー？」

「ちょっとした事で頭に来る」

「おいっ！」

「すぐに無理だと投げ出す」

「意見しようなんざいい度胸じゃねえか。だがな、弟子は黙って言うことを聞いてりゃいいんだ！」

「イヤだね！　あんたの言うこと聞いてたらバカがうつるぜ！」

「黙れこのやろう！」

「許してやってくれ、九太」百秋坊が悲痛に叫ぶ。「不器用すぎる男なんだ、熊徹は。大目に見てやってくれ」

「熊徹、外行こうぜ。な？　なって」

多々良はなだめすかすように、暴れる熊徹を坂下へと連れ出していった。

＊

『……あんときの熊徹の怒りようったらなかったぜ。あんまり悔しくて地団駄踏んでいやがった。「オレにしてみたら精一杯丁寧にやってやってんだ、なのになんだあの野郎！」ってな。だからおれは言ってやった。「もう懲りただろ。さっさと放りだしちまいな」って。それでも奴の怒りは収まらねえ。小屋を出て石段を下った、壁に落書きのあるところがあるだろ？　街灯がポツンと灯《とも》るあそこだ。そこの踊り場で熊徹は同じ場所を行ったり来たりしながら、おれを相手にいつまでもぶつくさ言ってやがった。

「だいたいオレは暇じゃねえ。薪《まき》割りや左官や茶摘みのバイトで稼いでんだ。あいつの分まで余計にな」

「もうやめちまえ。それがいい」

「なのになんであんな言い方されなきゃならねえんだ。え？　そう思うだろ？」

「ごもっとも」おれはなるべく熊徹の身になって言ってやったんだ。「前みたいなひとり身がいかに気楽かよくわかったろ。いいぜひとり身は。めんどくせえこともねえし、責任もねえし、本当のことを言われて腹を立てることもねえし」

「ウッ……」

びくっと熊徹は固まった。意外と繊細な奴でな。

おれは肩をすくめて見せた。「おっと。口が滑った」

「くっそっ！　うおおおっ！」

熊徹は怒りに任せ、両手の拳《こぶし》をぶんぶん繰り出した。

そんときだ。

「夜遅くまで稽古《けいこ》とは感心じゃぞ、熊徹」

いつのまにか街灯の下の小さな腰掛けに、宗師さまがちょこんと座ってた。

「そ、宗師」熊徹はハッとして退《しりぞ》いた。

「自ら努力する姿を弟子に見せて学ばせるのも良いことじゃ」

「ウッ……は、はい……そう思いまして」

「よろしい。褒美にこれを授ける」

と何通かの封書を差し出す。

「なんですかこれは？」

「紹介状」

「紹介状？」

「弟子を連れて諸国を巡る旅に出よ。これを持てば各地の宗師にすぐにも面会できる」

「で、ですが」

「名だたる賢者たちじゃ。真の強さを知る手がかりが摑《つか》めるであろう」

「いや、しかし……」

「では良い旅をなー」

「あ……！」

呆然《ぼうぜん》とする熊徹を残して、いつのまにか宗師さまの姿はなかった。

おれは石段を登りながら、聞こえよがしに呟《つぶや》いた。

「あーあ。ガキを放《ほ》っぽり出すいいチャンスだったのに。宗師さまの言いつけじゃ断れねえなあ」

とまあ、こうしておれたちは、旅に出ることになったたってわけよ……』

『……弟子を連れて旅に出よといくら宗師さまに言われたとしても、まさかいがみ合っている熊徹と九太をふたりっきりにしておくわけにもいかない。仕方なく私と多々良も同行することにした。あいつらときたら街道をゆくあいだもずーっといがみ合っているんだから、まったく呆れたよ。

鬱蒼《うっそう》と茂る原生林の中を熊徹は、猿のごとく縦横無尽に飛び跳ねる。対して九太は息を切らして、木によじ上るのも精一杯だ。だがもたもたしていると、

「遅い！」

と熊徹がどやしつけるもんだから、九太は必死に食らいついていくしかない。

何百段もある石段も熊徹は簡単にひょいひょい駆け上る。

九太がへばって、ちょっとでも休もうものなら、

「遅い！」

とくる。気にせずのんびり登れと言うのだが、九太は意地になって立ち上がる。さ

ぞや苦しかったろうが、あれで九太は随分体力をつけたんじゃないのかな。

　もともと路銀が心もとない私たちは商人宿などには泊まらず、もっぱら野宿だった。ただし食べものには困らなかった。滝が注ぎ込む渓流に魚影を追って、熊徹がそーっと頭を沈めたかと思うと、次の瞬間にはニジイワナを次々と岸に放ってよこし、あっという間に食べきれないほどの収穫になったからだ。塩焼きにしたニジイワナと、持参の味噌《みそ》を溶いた汁に、私たちは舌鼓を打った。満天の星の下、皆で焚《た》き火を囲む夏の味覚は格別だった。ところがそんなゆったりとした時間ですら、ニジイワナを頭からガツガツと食らう熊徹には関係がなかった。もたもた食べている九太に、

「遅い！　遅い遅い遅い！」

　などとけしかけるものだから、九太も意地になって競うように食らいついておった。多々良が「飯ぐらいゆっくり喰《く》え」と言っても聞かずにな……』

『……最初におれたちが訪ねたのは、盛り上がった台地の上にびっしりと建物が並ぶ奇妙な街でな。荒野にありながら草花の特別な栽培で有名で、大きな花市場もあった。渋天街が布の街なら、ここは花の街ってところだ。

　紹介状を見せると、すぐに街の宗師を務める庵主《あんしゅ》の洞窟《どうくつ》へと通された。大量の花が垂れ下がる藤の大木に、マントヒヒみてえな賢者がマント姿で腰掛けていた。

「恐れ多くもお尋ねします。強さとは何ぞや」百秋坊は恭しく訊《き》いた。

マントヒヒの賢者は、高名な幻術の大家だった。

「強さ？　わしは腕っ節は弱いが、ほれ、幻は作り出すことができる」

と手のひらにのせた薔薇《ばら》の花を差し出した。

そこへ指先ほどの小さな蝶《ちょう》がやってきて花びらに留まった。かと思うと、そのふたつが一瞬で合体しちまった。蝶の羽根が薔薇の花びらになったんだ。

マントヒヒの賢者は悪戯《いたずら》っ子みてえに笑った。

「あなどるな。幻は時として真実よりもまことなり」

世にも不思議な花びらの蝶に、九太は見とれて手を伸ばした。指がちょいと触れたとたん、小さな蝶はおれたちの背丈以上に巨大化した。

「うわっ！」

幻とわかっちゃいても、ぶったまげちまったのなんのって。

「これすなわち強さなり。ヒヒヒッ」

マントヒヒの賢者は、嬉《うれ》しそうに歯を見せて笑ってた。

ま、熊徹の奴だけは、幻術なんて最初っから興味なしって感じでそっぽ向いてたけどな……』

『……次に私たちが訪れたのは、ジャングルにぽっかり空いた大穴の崖《がけ》に、へばりつくように家々が並ぶ不思議な街だった。

なぜこんな大穴が空いているのかは街の産業に照らし合わせればすぐにわかる。ここは陶器で高名な土地で、焼き物に適した良質な土が取れるのだった。露天掘りの穴の大きさからこの街がいかに長い歴史を刻んできたかが窺《うかが》い知れた。

街の宗師である老いた長毛猫のような賢者は、様々に絵付けされた巨大な陶器を、念動力《ねんどうりき》で螺旋《らせん》状に浮かせていた。バケモノの世界広しといえども、念動力を能《よ》く行う仙人などはめったにお目にかかれるものではない。驚いて見上げる私たちに、長毛猫の賢者は言った。

「強さ？　そんなものを求めて何になる。わしは念動力を少々たしなむが、いかに強さを誇っても、決して勝てぬものがある。それすなわち」

「すなわち？」九太は聞き返した。

「おぬし、すまぬが」

「はい？」

「その、腰をもんでもらえぬかのう。腰痛には念動力は効かぬで。イテテ」

目脂《めやに》の溜《た》まった眼をしょぼつかせながら、長毛猫の賢者は辛《つら》そうに腰をさすった。

ところで熊徹だけは念動力にまるで関心を示さず、そっぽを向いていたがね……』

『……次の街は、渦巻き状に曲がりくねった迷路みたいな森で、行けども行けども小《こ》径《みち》に沿って何千何万もの羅漢石が並んでいるだけだった。

さて賢者の庵《いおり》はどこかと、とりあえず寺院のような塔を見つけ向かったが、ここに賢者はいないと弟子どもが言う。ではどこにおいでなのかと尋ねるが、弟子は口を閉ざしたっきり語らねえ。どうやらそれがこの街の流儀のようだった。仕方なくおれたちは同じ道を行ったり来たりでさんざん探し歩いたがとうとうわからず、道端の羅漢石のそばで途方に暮れていた。ふと気づくと苔《こけ》むした羅漢石と羅漢石の隙間で挟まれたみてえに座る、みすぼらしいなりの僧がいた。そしたらなんとその僧が、賢者その方だったんだ。

象のような穏やかな顔の賢者は、結跏趺坐《けっかふざ》したまま石同士を擦《こす》り合わせるような声で静かに言った。「強さ？　それをわしに問うのは筋違いというもの。わしはただ雨の日も風の日も、石のようにただここに座っておるだけ」

「なぜです？」百秋坊が訊いた。

「時を忘れ、世を忘れ、自分自身をも忘れ、あらゆる現実を超越するため。これすなわち……」

「すなわち……。あ？」

言いかけて、九太は気がついた。

今話していたはずの賢者が、いつの間にか苔むした羅漢石に変わっていた。

「石になってしまわれた」

百秋坊は呟いた。

おれたちは誰ともなく手を合わせ、睡《ねむ》れる賢者を拝んだ。

熊徹は鼻くそなんぞをほじっていて、こちらを見向きもしなかったがな……』

『……小舟に揺られてしばらくゆくと、海に突き出た奇怪な島の岩肌に、まるで小貝が寄生したような街があった。

その街の宗師である麦わら帽子をかぶったアシカの顔の賢者は、島のてっぺんのバルコニーから何百メートルも下にある海面に釣り糸を垂らしていた。

「強さ？　わしは達観などせぬ」

この貪婪《どんらん》そうな賢者はそう言って釣竿《つりざお》を魔法のように操ると、釣ったニシキブリを大きな口を開けて迎え入れた。「誰よりも早く獲物を釣り上げ、世のあらゆる物を味わったもの勝ちじゃ」

ギザギザの歯でニシキブリを頭からバリバリと噛《か》み砕きむしゃむしゃ味わいながら、にこやかに説くのだった。

「隙あらばむしゃぶりつくが良い。これすなわち……」

「すなわち……」

賢者は急に目を光らせると、ごくりと喉《のど》を鳴らした。私と九太は咄嗟《とっさ》に危険なものを感じて身を引いた。が、多々良はほんの少し気づくのが遅れた。

すかさず賢者が恐ろしい速さで竿を振るった。

「隙あり！」

あえなく多々良は釣り上げられた。慌てふためくが後の祭り、上着を残して大口を開けた賢者の口へ、美しい弧を描いて落下していった。

「ぎゃあああああ！」

絶体絶命の多々良、もはや命はあるまい……、と思ったら、賢者は多々良本体を無視し、釣り上げた上着だけ口に入れて、むしゃむしゃと食った。震え上がる私たちに、賢者は笑顔を向けた。

「安心せい。客は食わぬ」

過酷な現実世界を身を以《もっ》て学ぶべしとでも言わんばかりに。

うしろで熊徹が、大あくびする声が聞こえた……』

『……どっしりと重い夕日が地平線に沈もうとしていた。

おれたちは帰路に就くため、ヘトヘトになって荒野を歩いた。

「誰も彼も持論を打《ぶ》つばかりで、言うことが皆違う」百秋坊は呻《うめ》き、溜息《ためいき》をついた。

熊徹は馬鹿にしたような顔を向ける。

「ほらみろ。たわごとを聞いてたら自分を見失うだけだ」

冗談じゃねえ。喰われて自分そのものも失うところだったぜ、とおれは思った。ところが九太の奴だけは生き生きとして、旅を記したメモを片手に言いやがる。

「強さっていろんな意味があるんだな。どの賢者の話も面白い」

案の定、熊徹が嚙み付く。「はあーん。じゃあ机にちょこんと座ってお勉強でもしてろ」

「ああそのほうがよっぽど有意義だね。少なくともどっかの誰かみたいにビューッとかギョエーッとか言わないからな」

「意味なんかテメエで見つけんだよ！」

「説明できないくせに！」

「おめえの勘が悪いだけだろ!?」

あーあ。また始まっちまったよ。

「おまえたち、本当に喧嘩《けんか》する体力だけは尽きないな」百秋坊が疲れた顔で言った。

まったくだ。勘弁してくれよホント。疲れてんだからさ……』

『……その夜は、荒野に野宿することになった。

夕食の間も熊徹と九太はいがみ合っていたので、しかたなくふたつのテントを距離を離して張ることにした。

満天の星の下、私は、九太が寝つくまでの間、焚《た》き火の番をしていた。

テントの中から九太がトボトボと出てきた。九太は旅の間に着ていたポンチョを、上着を食われて無くした多々良に譲ってしまった。夏とはいえ荒野の夜は冷える。

「眠れないのか？」

私は急須《きゅうす》に湯を注ぎ入れながら訊《き》いた。

九太は、膝《ひざ》を抱え、黙って焚き火を見つめていた。

「──俺、やっぱ才能ないのかな？」

「気にしているのか？」

「勘が悪いって」

「私はそうは思わないな。掃除も洗濯も、最初は何も知らなかったのに、ちょっと教えたらすぐにコツを掴《つか》んだ。素直で、働き者で、物覚えも早い」

「でも」

私は、ツユ茶を注いだ器を九太に渡してやり、道具箱からもう一つ自分用に茶碗《ちゃわん》を取り出した。「問題があるのは熊徹のほうだ。あいつの技を見ろ、メチャメチャだ。つまり独創的だ。なぜか？」

「――？」

「あいつには親も師匠もいない」

「え？」

「あいつは自分ひとりで強くなった。強くなってしまったんだ。それがあいつの才能であり不幸だ。誰の言うことも聞かないかわりに、誰かに適切な助言もできない」

「……そうだったんだ」

私は、注いだツユ茶を一口飲んでから言った。

「しかしたまに、うむ、なるほど、と思うことがある。何かわかるか？」

「『強さの意味は自分で見つけろ』ってこと？」

「そう。一理あると思ってな」

「――」

九太はそれ以上何も言わず、じっと自分の茶碗を見つめていた……』

『……同じころ、おれと熊徹はテントで寝転がって、吊《つ》り下げたランタンの炎を見つめてた。

「どうやって教えたらいいかわかんねえよ」

熊徹が、ぼそりと呟《つぶや》いた。

「天下無双の熊徹様があんな憎たらしいガキにそこまでこだわるとはね」

おれがからかうと、熊徹は慌てて否定した。

「そ、そんなんじゃねえ」

こんな夜だ。昔話をするのも悪くねえ。

「ま、憎たらしさならガキの頃のおめえも負けてねえ。弱《よえ》えくせに口だけは達者でな」

「あんときゃロクな師匠がいなかっただけだ」

熊徹は、憎々しそうに言った。

「宗師さま以外、誰もおめえを相手にしなかったっけなあ。言うことを聞かないめんどうな奴だって、すぐに匙《さじ》投げられてた」

「くそっ、思い出しても腹の立つ最低な連中だ」

「まったくだ。今のおめえとそっくり。……おっと」

「ウッ……」

おれは九太が譲ってくれたポンチョにくるまって、目を閉じた。

「ま、おれはあんなガキ、さっさといなくなればいいと思っちゃいるが——、もしこのまま師匠を続ける気なら、ガキの頃の自分が本当はどうして欲しかったか、ちゃんと頭っから思い出してみるんだな。じゃ、おやすみ……」

だが熊徹は眠らず、ランタンの明かりを見つめ続けていたらしいぜ……』

修行

「キュッキュッ」

チコが遊んで欲しそうに、俺を見て飛び跳ねている。

でも今はそれどころじゃない。

「意味は自分で見つける――、か」

旅から帰ったあと、熊徹の言葉がずっと頭の中に響いていた。

言わんとするところはなんとなくわかる。強くなる方法は、誰かに手取り足取り教わるものではないし、教科書に書いてあるというものでもない。誰にも頼らず周囲に目を凝らし、なにかピンとくるところを探さなきゃならないってことだ。確かに同じ人間（バケモノ）は一人としていないし、強さは人（バケモノ）それぞれに違う。要するに、俺は俺の強さを俺自身で見つけなきゃならないってことだ。ただ、わかっちゃいるけど――。

「わっかんないなあ……」

今日はみんな出かけていて誰もいない。小屋の中でひとり、俺は仰向《あおむ》けに寝転がった。軒先から雨の雫《しずく》が滴っているのが、窓越しに見える。

胸の上にチコが登ってきて、

「キュッキュッキュッ」と、ねだるように愛らしく跳ねる。

チコ。俺は今、別のことで頭がいっぱいなんだ。あとでまた遊んであげるから、ちょっと待っていてくれないかなあ……。

なんて言っても、チコには伝わらないか。

俺は、チコになったつもりで体を縮めて言った。

「キュッキュッキュッ。――いまの、チコの真似」

あれ？　似なかったかなあ？　ダメかあ。アハハハ。

チコはあんぐりと口を開けたまま、いっぱいに首を傾《かし》げた。

「キュー？」

そのときだ。

声が聞こえた。

――なりきる。なったつもりで――

「!?」

俺はハッとした。母さんの声のように聞こえたからだ。

起き上がって小屋の中を見回した。小屋には俺とチコの他にはもちろん誰もいない。ただ窓の外で、静かに雨粒が落ちているだけだ。

「……今の、おまえ？」

チコに聞いてみた。

「キュッ」

チコは、まばたきして応《こた》えた。

さっきの声はなんだったのだろう？　そういえば保育園くらいの頃、父さんの仕草をいちいち真似する俺を見て、母さんは言っていたっけ。蓮は、父さんになったつもりでいるのよね、って……。

「なりきる。なったつもりで……か」

ひとつの思いつきを試してみることにした。

前庭に、大太刀を担いだ熊徹がいる。六尺ふんどしに上着を羽織っただけのラフな格好だ。

小屋の中から俺は、熊徹をじっと見て、

「なりきる……」

と、自分に言い聞かせた。思いつきとは、熊徹になりきったつもりで、稽古《けいこ》中のどんな動きでも真似してみよう、ということだ。それも、熊徹に気付かれずに、密《ひそ》かに行うこと。

熊徹が、右手で大太刀を構えた。俺も、刀に見立てたほうきを右手に構えた。

熊徹が、素早く大太刀を左へ払う。俺も、ほうきを左へ払う。

熊徹が右へ振れば、俺も右。左に振れば、俺も左。

こちらには全く気付かないで熊徹は大太刀を振るっている。よし。なかなかいいぞ。少しの動きも見逃さないで真似してやる。

と、

「うーん」

唸《うな》る熊徹は、不意に太刀を下ろすと、まるだしのケツを片手でボリボリと掻《か》いた。

稽古中のどんな動きでも真似なくてはいけないのだ。俺は慌てて自分のケツを掻いた。すると、

「ふわあああ」

熊徹は、ケツを掻きながら大あくびした。

俺はそれに気づくと、無理やりに口を開けてあくびをした。どんな動きでも真似なければいけないのだ。どんな動きでも……。

「ん？」

なんの予兆もなく熊徹がこちらを振り返った。まさに動物的直感だ（動物だが）。

やばい。気付かれた？　俺は慌てて小屋の壁の陰に隠れ、息を潜めた。

熊徹は妙な居心地の悪さを感じたように、頭をボリボリかきながらしばらく小屋の中を見ていたが、やがて、

「うーん」

唸りながら、どこかへ行ってしまった。

どうやら気付かれたわけではなさそうだった。俺は、ため息をついた。

なにやってんだ、俺？　これが修行か？

真似する以前に、まずは気付かれないことに気をつけなきゃならない。でも狭い小屋と前庭で、気付かれないなんてことはあり得ない。ならどうすれば……。

前庭をいっぱいに使って、熊徹がひとり稽古している。

相手を想定して太刀を振り回し、蹴《け》りを繰り出し続けている。剣だけじゃない、手足の攻撃も縦横無尽に組み合わせる熊徹流独特の型だった。巨体にもかかわらずその動きは流麗で、さすがに隙がない。とても内緒で真似できる代物じゃなかった。だが見ているだけじゃラチがあかない。

「……？」

ふと俺は気付いた。前庭のタイルの上に、裸足《はだし》で稽古する熊徹の汗でできた足跡が点々と連なっている。同じ型を何度も何度も繰り返す熊徹の足は、正確に同じ位置に置かれていて、ぶれることがない。

俺は、タイルの縦と横を頭の中で数字に置き換え、その位置を記憶した。

夜になり熊徹が寝てしまったのを確認すると、そーっと前庭に出て、記憶した足跡の位置をチョークで囲って再現した。

その足跡を辿《たど》ってみるが、もともと体格が違うため、足と足の間の距離は途方もなく離れている。熊徹のわずかな一歩も、俺にとってはジャンプしなければ届かないほどだった。それでも、熊徹に気付かれずに足の運びを研究するには良い方法だった。俺は繰り返し熊徹の足跡に自分の足を置いて試してみた。上半身の動きなどとても真似できない。だが、せめて足だけでも真似できたら。その一心で何度も何度も足跡を辿った。

それから夜が来るたびに、密かに俺は練習を続けた。

最初は足跡を辿るだけで精一杯だった。だがそれでも続けているうちに少しずつ熊徹の足の動きとタイミングが俺の体の中に入ってくるような気がした。窮屈に思えた足の動きの順番が、だんだんと窮屈でなくなってくるのを感じた。

昼、いつものように熊徹が前庭で稽古している。

「ムーッ。ハッ！　ヌン！」

瞬時に大太刀を切り返し、体をひねって蹴り、のコンビネーションだった。

俺も小屋の中で、そのコンビネーションを試してみる。

「ムーッ。ハッ！　ヌン！」

繰り出した足の脛《すね》がサイドテーブルにガツンッ、と当たる。

「イテテテ！」

俺は痛さに足を押さえてぴょんぴょん跳ねた。

「ぬっ？」

熊徹が室内に突如、顔を出した。

俺はぎくっと熊徹を見る。

熊徹は不審そうに小屋に入ってきて近づくと、パンツのポケットに両手を突っ込んだまま俺の顔を覗《のぞ》き込んだ。

「なんだ？　なにやってんだ？？」

でかい顔に迫られて逃げ場のない俺は、サイドテーブルを背にのけぞった。

「うっ……！」

詰め寄られて困った。本当に困った。なんて言い訳すればいい？　えーと……。

チコがこちらを見上げているのが横目に見えた。

「なりきる。なったつもりで」

頭の中で、母さんの声が聞こえた気がした。

ああっくそっ、もう気づかれないで真似るなんて無理だ！　俺はやけくその気分で、目の前の熊徹のポーズと同じく、パンツのポケットに手を突っ込んだ。

「あ？」

熊徹はピンときていないように唸り、それからなにげなく鼻を「ズズッ」と啜《すす》った。

俺も熊徹がやったように、鼻を「ズズッ」と啜る。

「お？」

何かに気づいた様子の熊徹は、わざと肩を「ぐりぐり」と動かしてみせた。

俺も熊徹がやったように、肩を「ぐりぐり」と動かしてみせる。

熊徹は、首を左右に傾けて「コキコキ」と鳴らした。

俺も首を左右に傾けて「コキコキ」と鳴らす。

熊徹は、不意打ちのように左手を上げた。

俺も必死に追いついて左手を上げる。

熊徹は素早く右手を上げた。

俺も右手を上げる。

「……」

「……」

熊徹と俺は睨《にら》み合いながら、次の動きをお互いに探り合っていた。

「あ？」

「うあ？」

「はあ？」

「はあっ？」

「ほっ」

「ほうあっ」

いつのまにか窓辺で多々良が絶句して見ていた。「なにやってんだ、おめえら？」

ハッと我に返った熊徹は、俺を怒鳴りつけた。

「バカにしてんのか！」

「してねえよ！」

「じゃなんだ⁉」

「なんでもいいだろ！」

熊徹はイライラして小屋を歩き回った。俺はコバンザメみたいについていく。熊徹がくるっと回れば俺もくるっと回る。熊徹が立ち止まれば俺も立ち止まる。

「うっとうしいんだよ!」

たまらず逃げ出すように熊徹は小屋を飛び出していった。慌てて後を追ったが、どこへ行ったのか、見失ってしまった。

俺は決めた。もう秘密の修行はナシだ。こうなったら、どれだけウザがられようが食らいついてやる。

*

『……逃れた熊徹は、門の外の壁に忍者のようにへばりついて九太の様子を窺《うかが》うと、

「なんなんだよ、ったく」

とため息まじりに呟《つぶや》いた。九太の行動の真意がまるで理解できない様子だった。そこで親切な私は、奴のためにわかりやすく譬《たと》えてやった。

「まるで親鴨と子鴨だな」

「オレは鴨じゃねえ」

「子が親を真似て育つのは当然だろう」

「オレは親じゃねえ」

「九太は一からお前に習うつもりなんだよ。親を追う赤ん坊のように」

熊徹はそのあとも、赤ん坊という言葉を何度も口の中で転がしていた。奴にも何か思うところがあったのかもしれない。

「赤ん坊……？」

親鴨の譬えはその場の思いつきでしかなかったが、私は口にしてみて、これは案外正鵠《せいこく》を射ているかもしれないと思った。卵の殻を破って生まれ出たばかりの雛《ひな》は、初めて見たものを親鳥だと思って後をついて行く習性があるのだという。たとえそれが本当の親ではなく、例えばおもちゃのようなガラクタであっても。子にとって初めて直面する世界は、親である。子は親を通して世界に触れ、世界を知る。子が成長するには親の姿が不可欠だ。たとえそれがまがい物であったとしても。

ひとりぼっちの九太が、バケモノの世界で初めて触れた存在がたまたま熊徹であったならば、そういったこともあるのかもしれない。バケモノである熊徹と人間である九太。種族を超えて親子のような情愛が育《はぐく》まれることがないとも限らない。

もちろん熊徹は、親になったこともなければ、親の愛に恵まれた過去があるわけでもない。むしろ世間でいう親なるものから真反対の存在だ。そんな奴でも誰かの親になる可能性があるのだとしたら、世界の奥深さを実感できる契機となるのかもしれない……などと私は私自身の勝手な思いつきに、ひとり悦に入った。

事実、いがみあうばかりだった熊徹と九太に、わずかな変化が現れた。

熊徹が朝稽古《げいこ》のため前庭に出る。長い柄の箒《ほうき》で掃き掃除をしながら九太が様子を窺う。熊徹は九太の目線を十分に意識しながら、大太刀を高々と上げ、稽古を始める。九太は気付かれないように熊徹の足の動きだけを懸命に真似る。

そのときの熊徹の横顔を、私は見逃さなかった。九太を後ろ目に見て、まんざらでもない笑みを漏らしたのだった。さしずめ、

「へへ。急に素直になりやがって」

といったところだろうか。

真似されて嬉《うれ》しくない親はいない、などと世間では言うが、果たしてこの二人はこの先どのように変化していくのか。私は密《ひそ》かな科学実験に立ち会っているかのような気分になり、ひとりほくそ笑むのだった。とはいえそんな夢想は今のところ私だけのものでしかない。多々良などは、

「おいガキ。いつまでそんな茶番を続ける気だよ。真似っこで強くなるなら誰も苦労はねえぜ」

などといつもの調子で九太に皮肉を浴びせるのだった。

が、それを強く制したのは他ならぬ熊徹だった。

「おい多々良！　邪魔すんな！」

多々良は目をぱちくりさせる。

「は？　おめえ、つきまとわれてうっとうしいってあれほど……」

「いいからあっちいけ」

どやされた多々良は、玉のれんをくぐって台所に逃げてくると、流しにもたれてツユ茶をする私に訊《き》いた。

「おいおい。いつからあいつは人が変わっちまったんだい？」

「さあてね。素直な弟子が自然と可愛くなったんだろう」

「へっ。あの野郎、そんなタマじゃ……」

とヘラヘラ笑っていたが、急に外の熊徹を見直して、

「……マジでか？」

と真面目な顔を向けた。

多々良も、熊徹の変化の意味に気付いたようだ。

それからの九太の努力は涙ぐましいほどだった。朝から晩まで熊徹の足の動きを真似し続けている。前庭や裏庭での稽古はもとより、どこへ行くにも後をついて熊徹の足元をじっと見ている。いつだったか、階段を上る九太の仕草が、ガニ股《また》でヨタヨタ

登る熊徹にそっくりになっていることに私は気付いた。なにもそこまで真似なくても、と呆《あき》れたのだが、この九太の「密かな修行」は唐突に実を結ぶことになる。

ここから先は、後で九太自身に聞いた話だ。

その日、九太がいつものように夕食の準備に取りかかっている時のことだった。台所には、前庭のベンチの熊徹が多々良相手に賭《か》けカードゲームに興じる声が漏れ聞こえてくる。バイトから戻り風呂《ふろ》上がりの熊徹は、夕食までのあいだこのようにリラックスした時間を過ごすことがしばしばあった。九太は包丁の刃元でジャガイモの芽を取りながら、ふたりの声を聞くとはなしに聞いていた。どうやら熊徹にいい手札が来たらしい。

「お、キター！」

「あ、タンマ」

「タンマなし」

「待て待て」

「待たねえ。へへへ」

熊徹はベンチから立ち上がると、後ろ足でタタタッと後ろに退《しりぞ》く。

そのリズムに合わせるように、九太の足は自然に動いて後ろに下がる。一日中熊徹の足元に集中しているので、この頃には真似ようと思わなくても自然に足が動いてしまうまでになっていたのだった。

「おいマジかよ」焦る多々良の声がする。

「ヒヒヒ」熊徹はふざけたように笑うと、カニ歩きでタタタッと左に逃げる。

同じリズムで、台所の九太も左にタタタッとカニ歩きする。

熊徹は多々良を避《よ》けて、右に足を動かす。

タタッ、タタッ、と。

九太も、ジャガイモの芽を取りながら、無意識に右へと足を動かす。

タタッ、タタッ。

そこで九太は気付いた。

「……あれ？　見ていないのに……」

熊徹は前庭で、九太は小屋の奥まったところにある台所の流しに向かっている。台所から前庭を見渡すことはできない。聞こえるのは音だけだ。

つまり、九太は見ていない。

見ていないのに、熊徹の足の左右の動きがわかる。

「……わかる」

熊徹が尊大にベンチに右足をかける。

見ていないのに、なぜかそれが左足でなく、右足だとわかる。

「……わかる！」

蛇口から垂れた水滴が、ホーロー鍋《なべ》に波紋を作った。九太は密かな修行の成果に自ら驚き、驚きはやがて確信へと変化した。

カードを悔しそうに叩《たた》きつける多々良と、ベンチに足をかけて高笑いの熊徹の声が響いた。九太には熊徹の姿がありありと見えている。

見ていないのに、見えている。

九太は、静かな企《たくら》みを胸に、

「……試すか」

と、ひとり呟いたそうだ……』

『……おれはそんなこと、これっぽっちも知らなかった。

だからその日の朝、前庭でストレッチする熊徹へと抜き足差し足近づく九太の、いつもと違う様子にも、おれは気付きもしなかったんだ。

九太はほうきの柄を向け、のんびりアキレス腱《けん》を伸ばしている熊徹の脇腹を、唐突につつきやがった。

「イテッ！」

熊徹の野郎は不意をつかれてよろけた。

おれと百秋坊は啞然《あぜん》となった。

が、九太はかまわずに次々と熊徹をつついた。

「何しやがる。やめろ」

熊徹にとっちゃ、ガキの力でつつかれたってなんのダメージもねえ。でも九太があんまりしつこく突いてくるもんだから、うっとうしさに我慢しきれなくなっちまって思わず摑《つか》みかかろうとしたんだ。

「……やめろ！」

そんときだ。

九太は、熊徹の手をスルリとすり抜けた。

「……ん？」

熊徹は改めて両手で九太を捕まえようとする。

ところが、だ。九太はそれより先に熊徹の背後に回り込んでいやがる。

「え？　あ？　お？」

捕まえようと振り返っても、九太は次の瞬間には、不思議なくらい熊徹の後ろにいるんだ。おもしれえようにかわすもんだから、おれは魔法でも見てるみてえに、口をあんぐり開けたまま呆然《ぼうぜん》となっちまった。

「どうなってんだ……？」

「九太、おまえ……」

動きを止めないで九太は説明した。「ずっと足だけ見て真似してた。そしたら、なんとなく次の足がわかるようになった。わかったらかわせた」

百秋坊は呆れつつも感心して言った。「なんと……。言うは易しだがそのためにどれほどの集中力が必要というのか」

熊徹は、捕まえられないイライラに無理な体勢から思わず拳《こぶし》を出した。

「ふっ、ふざけんなっ！」

拳は九太をかすめもせず空振りに終わった。そのまんま熊徹はバランスを崩し、ターンと床に顎《あご》を打ち付けた。

おれは心底驚いちまった。いままでただのガキだと思っていたが、目の前でこんなものを見せられた日にゃ、認識を改めなきゃならねえ。

敬意を込めておれは言った。

「こりゃあてえしたもんだ九太！　はじめておめえに感心させられちまったぜ！」

思えばおれが九太の名前を呼んだのはこれが最初だった。九太はあっけにとられていたが、そのあと素直に嬉《うれ》しそうな笑顔をおれに向けた。

おれは熊徹に言ってやったんだ。

「熊徹、おめえも九太に習うがいいぜ」

「……習うだと⁉　なぜオレが！」

熊徹は跳ね起きると、怒りに任せて怒鳴り散らした。

九太は、あえて尊大に言い放った。

「教えてやってもいいぜ。そのかわり」

「あ⁉」

「そのかわり、剣の持ち方とかパンチとか全然わかんねえから、……教えてくれよ」

意外にも自信なさげで、だからこそ切実な顔を熊徹に向けた。

そのときの九太の眼差《まなざ》しを、おれは今でもよおく覚えているぜ。


そっからだ。修行が本格的に始まったのは。

毎朝、蟬も鳴き出さねえような時間から、熊徹は九太に稽古《けいこ》をつけた。熊徹は布をぐるぐる巻きにした木刀を手に、九太の太刀を軽く受け流すと、見定めて頭に一撃を食らわせた。

「イテッ！」

「ふふん」

「くそーっ。もっとちゃんと教えろ！」

だが九太も、やられっぱなしじゃない。

朝食のあと、今度は九太が熊徹を指導する番だ。

熊徹は、両手を布でぐるぐるに縛られ、動きを制限されている。その脳天に、九太の木刀の一撃が決まる。

「イテッ！」

九太は木刀を肩に担いで、

「相手をよく見て合わせる」と言うが早いか熊徹の足に打ち込む。

「イテッ！」

「合わせる」

「イテッ！」

痛みに、悲鳴の声が裏返っていた。

おれと百秋坊は、のんびりとトーストとコーヒーの朝食をとりながら、したたか打ち込まれる熊徹を眺めた。

「こうしてみると弱点があらわになるな。今までいかに攻めに頼ってきたかよく解る」

「周りのことにゃおかまいなしの自分勝手様だからな。相手に合わせるなんざ一番苦手なことよ」

「一人で強くなったむくいだ」

そのあとも熊徹は打たれ続けた。九太は腰に手を当てて駄目出しした。

「相手に合わせるんだよ」

「やってるよ！」

「できてないだろ」九太は全く動じない。

「偉そうに、この……！」

熊徹は歯をぎしぎし鳴らし、怒りで顔を引きつらせた。が、ギリギリのところで耐えると、絞り出すように言った。

「……もっとちゃんと教えろ」


ところで九太の修行は剣術だけじゃねえ。武器を持たない柔術も、熊徹流には重要な要素だった。

九太は、竹に刺した小玉スイカに向けて、

「やあっ！」

気合とともに拳を打ち込む。だがスイカは前後に揺れるだけで少しも傷付かない。突きを安定させないと、そうそう割れるものじゃないんだ。

イテテ、と九太は赤く腫《は》れた手をぶらぶら振って痛みをやり過ごす。ま、初心者なんてそんなもんだ。

しかし熊徹のような練達者ともなると、

「オラアッ」

水の入った一抱えほどもある瓶《かめ》を、突き一撃で粉々に割ることもできるってわけだ。

「くそーっ」

負けてられるか、と九太は対抗意識を燃やした。


本格的な武術の修行を行っているガキは、渋天街でも珍しい。九太の修行着が板についてきた頃、バケモノのガキたちは九太の敵ではなくなった。

特に、かつて九太をいじめていたようなガキのへなちょこパンチなんて、相手にもなりゃしねえ。九太が少しも手を出さずにただ軽く避《よ》けるだけで、バケモノのガキの拳は空振りし、勝手に地面にビターンと倒れちまう。相手が一人に限らず、たとえ二人組のダブルパンチだろうと、たとえ多人数に取り囲まれようとも、九太は鮮やかにかわして、決して負けなかった。渋天街の子供たちの中で、九太のランキングはみるみる上昇した。そんなある日、

「調子に乗るなよこのやろ!」

二郎丸が、串《くし》ダンゴを片手に九太の前に立ちふさがった。奴は、兄貴と一緒に猪王山の道場で修行していて、ガキながら帯刀も許されていたほどの奴だ。二郎丸が九太をメタメタにやっつけるのを、ガキたちの誰もが想像した。それと同じく、例の博打《ばくち》

好き三人組も意見の一致を見た。「オレ二郎丸」「オレも二郎丸」「オレも」ってな。ったくガキの喧嘩《けんか》で博打してんじゃねえよ。

「オラオラオラ！」

二郎丸は、むちゃくちゃにパンチを繰り出して襲い掛かった。

その拳は九太にかすりもしない。

「ええい、このやろ！」

二郎丸は口にくわえた串ダンゴをブンと振る。串から離れたダンゴがふたつ、九太へすっ飛んで行く。

それを九太は平手でパンパンッ、と弾《はじ》き返す。

二郎丸も負けじと、平手を使ってリターンする。

ダンゴが二人の間を目にも留まらぬ速さで行き来する。両者が近づけば近づくほど、ラリーも速度を増していく。

九太の右の掌底打が、ダンゴを二つとも二郎丸の口に押し込んだ。

「うぐっ！」二郎丸は呻《うめ》いた。

続けて九太は腰を落とすと、左の掌底打で相手の胸を押した。

「わあっ！」二郎丸は、どんと尻《しり》もちをついた。

決着がついた。九太の勝ちだ。作法に則《のっと》って、一礼。

意外な結果に博打好きたちは悔しがり、見ていたガキたちはおおっと声を上げた。驚いたように目を丸くした二郎丸は、口のダンゴをモグモグと噛《か》んでゴクンと飲み込むと、

「おまえ、すげえな」

と感心したように九太に笑顔を向けた。その豹変《ひょうへん》ぶりに今度は九太が目を丸くした。

「え？」

二郎丸は立ち上がると、九太に両手で握手を求めた。

「おいら、強い奴が好きなんだ。今度うちに遊びにこいよ。うまい菓子いっぱいあるぞ。なあ、だから遊びに来いって」

屈託のない素朴な笑顔に、九太はあっけにとられちまった。

冬が来て春が過ぎ、また夏が来た。その頃にはおれたちゃ、九太の拳《こぶし》で割ったスイカを食うのが普通になっていた。相変わらず熊徹と九太は、何かにつけ張り合っていた。スイカを食う速さですら張り合っていたんだ。

「おめえら、ゆっくり食えって言ってんだろ」

おれが言ったって止めやしねえ。一足早く食い終わった熊徹は、スイカの皮を放りつつ立ち上がった。「勝った！　洗いもんしとけよ」

負けたほうが片付けをするルールがいつの間にかできていた。もちろん、ほとんど九太が片付けることになったんだがな。

ある日、九太の頭に手を当てた百秋坊の、感心したような声が聞こえた。

「ずいぶん背が伸びたな」

「そうかな百さん」

おれはハッとなって駆け寄った。

九太の頭のてっぺんは、背伸びしたおれより上だった。

「いつの間に!?　マジかよ!?」

毎日顔を突き合わせているから普段はわからねえが、ふと気づくと、いつのまにかうんとでかくなってやがるんだ。顔つきはそのままなのにだぜ？　まったくガキの成長ってのは油断も隙もありゃしねえな。

「多々さん」

おれのことを、九太はそう呼ぶようになっていた。

裏庭の真ん中に一本の木が生えているだろ？　あの菩《ぼ》提樹《だいじゅ》のことさ。その下で熊徹と九太は、よく稽古《けいこ》をしていた。最初はひょろひょろの頼りない若木だったが、紅葉し、小雪が積もり、やがて花を咲かせ、新芽が芽吹いた。菩提樹の幹がだんだん太くなっていくように、九太のヒョロヒョロだった腕に、しなやかな筋肉がつくようになった。時間が経つのは早いもんだな。今では大木になったあの菩提樹を見るたびに、おれは九太の成長の跡を思い出すんだ。

実際のところ、熊徹がまともに弟子を育てられるなんて、おれや百秋坊を含めて誰も思っていなかったんだ。ところが少しずつ噂が立つようになった。相変わらずの熊徹はともかく、あの人間の弟子の上達ぶりはなかなかのものだ、ってな。月日が経つにつれ、噂は噂を呼んだ。やがて九太は、渋天街の誰もが注目する若手剣士の一人に数えられるようになったんだ。

九太のことは宗師さまの耳にも届くようになった。わざわざ猪王山を連れて、熊徹と九太の夕方稽古を見にきたらしい。

猪王山は九太の成長に目を見張った。「ほう。まともな形になっている」

「そのようじゃ」宗師さまは目を細めた。

「人間の子供をよくぞあそこまで」

「はて。おぬしでも気付かぬか」

「は？」

「成長しておるのは熊徹のほうじゃ。洗練されキレが増しておる」

指摘され猪王山は刮目《かつもく》して見た。「……言われてみれば確かに！」

「どちらが師匠かわからぬの。フォッフォッフォッフォッ」

宗師さまは、それはそれは嬉《うれ》しそうに笑ったということだぜ。

だが当の熊徹は知る由も無い。熊徹は、稽古終わりに、九太に訊《き》いた。

「九太。おまえ、いくつになった？」

構えのまま九太は、十本の指を作り、続いて七本の指を作った。

「そうか。ならおまえは今から十七太《じゅうななた》だ」

「九太で結構だ」

憮然《ぶぜん》と九太は答えると一礼し、熊徹にも促した。

熊徹は渋々、一礼をした。

そんなふたりを、壮大な夕焼けが包んだ。


春。

熊徹庵《あん》には、若え《わけ》バケモノの子弟たちが引きも切らず押し寄せてきた。

「熊徹師匠！　どうか弟子にしてください！」

うだつの上がらないニキビ面が、土下座して切々と訴えてくる。こういう連中の相手をするのが、おれの仕事だ。

「よーし。なかなかよい覚悟だ。見所があるぞ」とかなんとか適当に言ってな。

「ありがとうございます。ボクも九太さんのようになりたいっす！」

「よかろう。じゃ、あの列に並んで」

と、石段の遥《はる》か下まで続く弟子希望者の大行列を、おれは顎《あご》で指した。ニキビ面は、はい！　と元気よく返事すると、最後尾まですっ飛んで行った。おれは大事な一言を付け加えた。

「口利き料を用意して待つがよい」

おれは行列を眺めながら思った。どいつもこいつもはなたればっかりで、モノになりそうなやつなんて一人もいやしねえ。

だが、熊徹庵が空前の稼ぎ時だってことだけは、こりゃ間違いない事実だ。おれは馬鹿面で並ぶ連中の頭数を数えて、掛け算をした。こいつらは九太に憧《あこが》れて熊徹に弟子入りを希望している。もしこの全員から月謝を取ったとしたら、熊徹が左官や茶摘みのバイトで生活費を稼ぐ、なんてことをしなくて済むだろう。いや、そればかりか今までの薄汚《うすぎたね》え小屋を出て、広くて新しい場所を借りられるかもしれねえ。いやいや、借りるどころか自前の道場を建てちゃったりなんかもできるかもしれねえ。そうなりゃ熊徹はオーナーだ。資産家だ。大金持ちだ。

ところが、熊徹にとっちゃ、そんなことはどうでもいい。昼飯を食いながら、九太といがみ合っているだけだ。8年前と何も変わりゃしねえ。

「なんだと九太？」

「自分の稽古は自分で決める！」

「いいや、オレの言う通りやれ！」

「嫌だね！」

百秋坊が諭すように口を挟む。「九太はもう大人だ。大人扱いしてやれ」

「こいつを？　毛も生えてねえツルツルのくせに！」

「毛ぐらい生えてる！」

「どこが生えてるんだ？」

まったく、こいつらときたら不毛な争いをしやがって。

とはいえ、おれはそのときの熊徹の気持ちがわかるつもりだぜ。図体がでかくなっても、熊徹にとっての九太は、ガキの頃と変わりないんだ。変わりないように留《とど》めておきたいんだ。ところがガキってやつは、どうにも留めようもなく大人になっちまう。

九太は一歩早く食い終わると、

「勝った。洗い物しとけよ」と言い残して、小屋を出て行った。

「待て！　話は終わってねえ」

熊徹が慌てて追いかけた。

九太は弟子入り志願者の列を横目に、一目散に石段を下りて行く。

行列を見物していた二郎丸は、九太の姿を見つけて声をかけた。

「よお九太！　うち寄ってけ！」

「あとで！」

熊徹に追われた九太は、止まることなく走り去った。

二郎丸は、九太よりも一つ下だから、16か7になっていた。まるまる太ったシルエットとくっついた眉毛《まゆげ》は変わらないものの、かつてのやんちゃな気質は頭のウリ坊の模様と共に消え、穏やかで頼もしげな顔つきに変わっていた。ガキの頃のダンゴの決闘以来、ずっと九太の親友でもあった。

二郎丸は、成長とともに生えた立派な牙《きば》を指でしごきつつ、

「大したもんだぜ九太は。おかげで熊徹庵は大繁盛。うちの見廻組もうかうかしてられないって父ちゃんが」

と、隣の一郎彦に言った。

一郎彦は九太より一つ上の18歳。上背は九太よりあるかもしれない。かつての優等生然とした甘さのかわりに、大人びた精悍《せいかん》な顔つきになっていた。だがその眼にはガキの頃にはなかったなんともいえない薄暗い光が宿っていた。それとなぜか、いつも口元をマフラーの端で隠すように押さえていた。

「熊徹？　ふん。父上とあんな半端者を比べるな」

と、吐き捨てるように言った。

一郎彦はいつ何時でもマフラーで鼻から下をぐるぐる巻きにしていた。なぜそんな格好をしているのか、様々な噂が囁《ささや》かれていた。火傷《やけど》をしたとかなんとか。でも本当のところは誰もわからなかった。

さてと。

九太が17歳になるまでの間に何があったかを、ざっとかいつまんで喋《しゃべ》ったわけだが、おまえら、だいたいわかったかい？

熊徹と怒鳴りあって小屋を飛び出した九太は、このあと偶然にも、とんでもなく重要な出会いを果たすことになるんだ。それこそ、九太の未来が大きく変わっちまうくらいの大変な出会いさ。

こっから先を喋るには、おれの口からじゃふさわしくねえ。

語り部をふたたび、九太本人に戻すとするぜ……』

楓《かえで》

熊徹が怒鳴り散らしながら追いかけてくるものだから、俺は渋天街の路地という路地を逃げまくった。

まだ俺の背が小さい頃、あいつから逃げるのはむしろ簡単だった。壁の低い位置に空いた穴や狭い扉の隙間など、あいつのでかい体が通れないような抜け道は路地の中にはいくらでもあった。しかし徐々に体が大きくなってくると、自分自身が抜け道を通れなくなってしまったのだった。となれば、あとはスピード勝負。いかに素早く逃げ切るか、しかない。

やっとあいつのがなり声が路地の向こうに聞こえなくなって、俺は膝《ひざ》に手をついて一休みした。

「ったく、しつこいんだから……」

後ろを振り返って息を整えていると、ふと視線の片隅に、椅子の上に置かれた花があるのを見た。花は花皿に盛られた椿だった。椿。冬の終わり。春の初め。大椿は八千年を春とし、八千年を秋とす……。

と――。

ザワザワザワザワ……。

俺の耳に、聞き慣れないざわめきが入ってきた。

「あれ？　ここは……？」

いや、聞き慣れないんじゃない。遠い昔に聞き覚えがある。

ザワザワザワザワザワザワ……。

顔を上げて、目を凝らした。

路地の向こう、何かが、春の陽炎《かげろう》に揺らめいている。

ザワザワザワザワザワザワザワザワ……。

「……！」

そこは、渋天街ではなかった。

陽炎に揺らめいていたのは、スクランブル交差点を行き交う、驚くほどたくさんの「人間」の姿だった。

俺にとって8年振りの「渋谷」は、まるで異世界の街そのものに思えた。

懐かしさなど微塵《みじん》も感じられない。たくさんのビル。たくさんの窓。たくさんのモニター。たくさんの車の列。すべてが非現実的で、よそよそしく、空疎に見えた。特に街中に溢《あふ》れる夥《おびただ》しい数の文字が、強烈な違和感をもって迫ってきた。宣伝文句、品書き、説明文、マナー文、注意書き。何もかも文字による過剰な説明が空間を隙間なく埋め尽くしている。なぜここまで文字に頼らなければならないのか疑問に思えた。

そして困ったことに、俺はその大半が読めなかった。意味不明の文字が大量に視界に飛び込んでくることが不安を一層募らせ、軽い吐き気にすら襲われた。

もちろん渋天街の学校でも最低限の読み書きは学んでいた。が、例の『生きておる智慧《ちえ》が、文字などという死物で書き留められるわけはない。絵にならまだしも画《か》けようが』というのがバケモノ世界の考えなので、一郎彦など特別な優等生を除けば、人間世界とは比べるべくもなかったのだ。

俺はすっかり「よそ者」だった。これだけ大量の人々とすれ違っているのに、強烈な孤独に震えた。どこにも自分の居場所などない。居心地の悪さに耐え、寄る辺なく雑踏を歩いた。

たどり着いたのは、繁華街を外れた住宅地の片隅にある、赤いレンガ色の小さな区立図書館だった。

天窓から差し込む柔らかな光が、整然と並ぶ本に陰影を作っていた。館内は静かで、利用者も数えるほどだった。街中と比べて人の圧倒的な少なさが俺をひどく安心させた。まだ少しばかり文字酔いのような感覚が残っていた。文字を強制的に浴びるのはもうたくさんだった。どうせなら自分の見知った文字がいいと思ったのだ。そうすれば子供の頃の感覚も少しは取り戻せるのかもしれない。だがそううまくはいかない。昔に読んだ記憶のある本など、なにひとつ見つけられなかった。仕方なく俺は書架のあいだをぶらつくことにした。

なにげなく手に取った、とある分厚い本の二段組みの頁にあるひらがなをあいまいに拾い読みした。

「かんじんの……には……などを……にして……るのだが……その……の……は……きゆうてきなる……の……ながく……い……から……」

その中で、頻出する特徴的な形の漢字があった。なのに、なぜかフリガナが振っていない。文脈上、極めて重要な事象を示すものであることは明白だった。背表紙にすら刻まれているのだ。

にもかかわらず俺は、その漢字を読めない。

「……」

途方に暮れて顔を上げ、それから、ふと横を見た。

オレンジ色の背表紙の古い全集本を読む少女がいた。

おそらく自分と同じぐらいの歳。髪は黒く短く、高校生が着るような濃紺の制服を着ていた。シャツのボタンを首元まで留め、その上にえんじ色のリボンが結んであった。ジャケットの襟に中世の盾のような形をした銀色のバッジが光っていた。髪の分け目から覗《のぞ》く額が、学者のような知性を漂わせていた。この子ならわかるかもしれない。少し躊躇《ちゅうちょ》したが、思い切って声をかけた。

「ねえ。これ、なんて読む?」

彼女は気付いて、俺が差し出した本の頁を覗き込み、やがてまん丸の黒い瞳《ひとみ》をこちらに向けると、簡潔に答えた。

「…………『くじら』?」

「ああ、『鯨』か」

俺は密《ひそ》かに納得した。昔、この本の児童版を読んだことがあることを思い出したのだ(ただしその題名は『白鯨』ではなく『白クジラ』といったが)。偶然とはいえなぜこの本を手に取ったのか、自分自身に合点がいった。

彼女は、黒く大きな瞳をさらに大きくして、興味深そうに俺を見つめた。おかしく思っているわけでも不審に感じているわけでもない、動物学者が発見した珍獣をしげしげと観察するような、探求の好奇心の瞳だった。俺はなんだか覗き込まれているような気恥ずかしさに、思わず顔をそらした。自分の心臓が普段よりも大きく高鳴りだすのを感じた。見つめられてなぜこのようなことになるのか、俺にはさっぱりわからなかった。

　そのとき、彼女が不意に視線をそらした。

　反対の書架の奥から、爆発するようなけたたましい高笑いが聞こえてきたからだ。

「俺、言ったじゃん」

「言ったっけ」

「知らね」

「もーうるさい。もしもし？　切れた」

　高校生の女二人と男三人が、閲覧用テーブルに足を投げ出し、袋菓子を食べ、携帯電話の着信音を鳴らしている。ジャケットの襟には、皆、銀色のバッジがあった。彼女と同じ学校の生徒だ。

　その騒がしさに、年配の利用者たちが、迷惑そうに眉《まゆ》をひそめている。

　彼女は本を書架に戻すと（その全集本――筑摩《ちくま》書房版世界文学全集――の背表紙には「カフカ」と書かれていた）、彼らへと歩み寄った。

　騒ぎ声が、不意に途絶えた。

　長い髪の高校生の女が、睨《にら》みつけるように彼女を見上げている。

「……なに？」

「騒ぐなら外に行きなよ」

背筋を凛《りん》と伸ばしたまま、彼女は勇気を奮い立たせるように言った。

もう一人の巻き毛の女や、男三人は、黙ったまま成り行きを見守っている。

長い髪の女は立ち上がると、彼女を見下ろした。

「外だったら何してもいいの？」

「それはあなたたちの自由でしょ」

長い髪の女はしばらく黙っていたが、やがて、

「……行こ」

と仲間たちに告げた。

彼らは、ヒソヒソと押し殺すような笑い声を残して、出て行った。

ホッとしたように息をつく彼女の背中が、書架越しに見えた。

館内に、再び安定した静寂が戻ってきた。


だが当の彼女は、それだけでは済まなかった。

閉館時間を過ぎた図書館前の暗がりで、件《くだん》の高校生たちが待ち伏せしていた。行く手を阻んだ長い髪の女は、彼女を指して、もう一人の巻き毛の女に言った。

「こいつ、中等部の時からウザくて、みんなに無視されてんの」

「へー。じゃあ何やってもいいんだ？」

巻き毛の女は、納得した口調で見下すように言った。

「……」

彼女は身を硬くし、脇を早足で避《よ》けて通ろうとした。

「おい逃げんなよ」女たちは強引に彼女のカバンを奪い取ると、その中身を盛大に地面にぶちまけた。ノートやペンや借りたばかりの本（それは俺がさっき見ていた、講談社版世界文学全集15『白鯨』だった）が、アスファルトに散らばった。まるでそうすることがこの女たちにとって当然の権利であるかのように。

「やめて」

彼女はいくばくかの抵抗を試みたが、まるで太刀打ちできない。

「外なら何してもいいんでしょ」

「誰にも迷惑かけてませんから」

その様子を、男三人が笑って見ている。

「ひでえことするなあ」

「マジ恐《こえ》え」

「ヒヒヒ」

三人は、ちょっと離れた後ろにいる何かに気がついた。

「……あ」

それは、でくのぼうのように棒立ちした、俺だった。

二人の男は「やべ、見られた」というふうに笑うのを止めて顔を強張《こわば》らせたが、その中の髪を逆立てた男だけはニコニコと親しげな笑顔を向け、申し訳なさそうな振舞いでこちらにやってきた。

「あ、見てた？　ちょっとトラブルでさ」

と言うが早いか、俺の腹を思い切り膝《ひざ》で蹴《け》りあげた。続けて、

「なんも見てねえよな？　な？」

と低い声で恫喝《どうかつ》した。自分らに比べればお前なんか何の価値もない。うせろ、消えろ、とでも言わんばかりに。「なんだよその顔？　文句あんのかよクソが」

俺が抵抗しないので、他の二人は安心したように近づくと、

「ちょ、おれもやらして」

「おれも」

などと面白がって代わる代わる俺の腹を蹴ってきた。

俺はしばらくこいつらにされるがままになりながら、この街へ戻ってきた時に強く感じた空虚さ、よそよそしさ、孤独感、違和感、寄る辺なさ――について考えていた。

そして、それらの正体が何なのかの尻尾《しっぽ》をほんの少し掴《つか》んだ気がした。

次の瞬間、俺は「でくのぼう」であることをやめた。

高校生三人を地面になぎ倒すのは、指で小枝を折るよりも簡単だった。腹を押さえて苦しそうにうめく彼らを置いて、長い髪と巻き毛の高校生の女たちは黙って去っていった。

肘《ひじ》を抱いて震える彼女と、目が合った。

「……」

図書館から路地を抜けたほど近い場所に、ひと気のない駐車場がある。緑色のフェンスを隔てた先に神社の参道沿いの桜が満開の枝を伸ばしていて、駐車する車の屋根やアスファルトの白いラインに、小さな花びらを静かに散らせていた。

彼女は、さっきぶちまけられたノートや筆記用具をカバンにしまいながら、

「進学校はみんな仲良しなんてウソだよ」

とひとりごとのように言い、几帳面《きちょうめん》にファスナーを閉じると、俺を見た。「暴力はよくない。でも——、ありがとう。助けてくれて」

俺はコンクリートの車止めに腰掛け、彼女が借りた『白鯨』の頁をめくっている。

「別に助けてない」

「助けてくれたじゃん」

俺はある頁を指して訊《き》いた。「ねえ。これ、何て読む？」

「──？」

戸惑う彼女に、俺はなにか説明しなければならない必要を感じた。

「何にも知らないんだ。小学校から学校行ってない」

それを聞いて、彼女は信じられないといったふうに、息を呑《の》んだ。

「──ほんとに？」

「うん」俺は答えると、また頁に目を落とした。

彼女はふっと柔らかい表情を浮かべたかと思うと、意外な申し出をした。

「じゃあ、その本にある字、私が全部教える」

俺はびっくりして、思わず立ち上がった。「……ホント？」

うん、と彼女は頷《うなず》くと、胸に手を当てて自己紹介をした。

「私、『かえで』。木に風って書いて、楓」

と、自分の文字を細い指で宙に書いた。

「俺は──」

少しだけ迷ってから名前を言った。「俺は、蓮。蓮って字は──」

「あ、草冠に連なる……」

合点したように彼女は乗り出して再び宙に右手の指を走らせた。正確な筆さばきだった（学生服の袖口《そでぐち》から、手首に巻かれた赤い紐《ひも》のようなものがちらりと見えた）。

「蓮くん」

楓は俺の名を呼んで、ニッコリと微笑んだ。

小さな花びらが、ゆるやかに風に舞った。


渋天街の複雑に入り組んだ路地は、余計な者が人間界からバケモノの世界に入ってこないための仕掛けだった。路地に点々と置かれた花束だの鉢植えだの花皿だのは、実は二つの世界を隔てた扉を開く鍵《かぎ》の役割を果たしていたのだ。8年目にして俺はそのカラクリをようやく理解した。理解したということはつまり、二つの街を自由に行き来できる、ということだった。

俺は、ちょくちょく渋天街を抜け出し、渋谷にやってくるようになった。

だがあくまで熊徹には内緒である。あいつに見つかったら絶対に禁止するに決まっている。そんなの冗談じゃない。俺には俺の自由があるんだ。熊徹の目を盗むのは簡単だった。その春は、なぜか弟子志願者が熊徹庵《あん》に大勢つめかけて、あいつはその連中の相手に忙殺されていたからだ。俺は午後からは自主稽古《けいこ》をすると一方的にあいつに宣言し、誰にも内緒で渋谷にやってきた。

楓に、本に書いてある字を教わるためだ。

いちいち借りなくて済むように、同じ一冊を古書店で格安で購入した（代金は8年前から使わずに取っておいた自分の持ち金から支払った）。

赤いレンガの区立図書館で、俺はまず本の中のわからない言葉や漢字をノートに書き出し、小学生向けの辞書を引いて意味を調べた。学校を終えた楓がやってきて、眼鏡をかけるとノートを丁寧にチェックし、先生みたいに俺のレベルに合わせて的確なアドバイスをした。

俺は漢字の書き取りをしながら、途方もない気分になった。たった一冊の本を読むだけなのに、一体これからいくつの字を覚えなければならないのだろう。そのためにどれほどの時間を費やさねばならないのだろう。

心配しなくてもいい、と既に『白鯨』を読み終えていた楓は言った。この小説は読み進めれば読み進めるほど、もっといろんなことが知りたくなる種類の本だから、と。

それってどういうこと？　俺は尋ねた。

楓は答える。例えば多彩な乗組員たちのシーンを読めば、この小説が描かれた19世紀半ばの米国社会史（とそこに至るまでの米国史）が知りたくなるだろう。鯨との激しい格闘場面を読めば、鯨油採集のための捕鯨と、産業革命以降のエネルギー史を調べたくなるだろう。米国は捕鯨業界を制したのちいかに世界一の大国になったか？当時鎖国中の日本は捕鯨によって開国を強いられ、その後どのような変遷を辿《たど》って現代に至ったか？　つまりこの小説と現代とはどのように結びつき、現在の私たちに何を照らし返しているのか？

俺は、漢字の書き取りの手を休めて、呆然《ぼうぜん》と聞いた。

ね？　色々知りたくなるでしょう？　と楓は小首を傾《かし》げた。

ほんとにそうなるのかな？　俺は訝《いぶか》しんだ。

五月になって、勉強の内容は小学生向けから中学生向けへと進化した。中等部時代に自分が使用していた教科書を楓は譲ってくれた。ところで図書館は残念ながら持ち込みの資料での勉強は禁止されている。楓は俺を神社の石段だろうが公園のベンチだろうが芝生の上だろうが、座れるところならどこへでも連れて行き、短時間で効率的に学ぶためのポイントを熱心に解説した。俺はその指導についていくだけでいっぱいいっぱいだった。楓はどうやら全教科を俺に覚えさせる気だった。

そんな特訓の息抜き、というわけではないけれど、この頃の俺は図書館の資料の中から鯨の生態に関する事柄を調べるのに夢中になっていた。小説は文字で書き表されているだけだが、それを具体的なヴィジュアルで示した資料を探し出していちいち検証したかったのだ。

いつの間にか季節は梅雨に移り、楓は夏服に衣替えした。紺のベストと薄いブルーの半袖シャツは、ショートカットの髪によく似合っていた。半袖になったことで右の手首の赤い紐がより露《あら》わになっていた。楓にとってあの紐にはどんな理由があるのだ

ろう、などと漠然と考えていると——、

「蓮くんも衣替えしなよ」

楓は、駅近くの古着屋に俺を引っ張っていき、幾つかのシンプルなジーンズとTシャツの組み合わせを見立てた。渋天街育ちの俺としては、同年代の渋谷の男たちと同じような服を着るのに抵抗があり、終始及び腰だったのだが、結局、楓の見立てのままジーンズとTシャツを着る羽目になってしまった（もちろん代金は自分の持ち金から支払った）。

熊徹は、日中俺がいないことにイライラしているようで、「九太はどこだ！」と多々さんや百さんにがなりたてて困らせることもあったらしい。だが俺は無視した。あいつなんかに付き合うより、今は他にやることがあるのだ。熊徹よりも朝早く起き、きっちり1日分の稽古だけは済ませている。これで文句はないはずだ。

七月。

「この小説の主人公は、自分の片足を奪った憎い鯨に復讐しようとしている。でも主人公は、鯨と戦っているようで、実は自分自身と戦ってるんじゃないかな？」

「自分自身？」

「つまり、鯨は自身を映す鏡で」

「鏡……」

教科書は中学三年生向けから高校一年生向けに発展した。楓の指導はいよいよ熱を帯びた。俺は必死に食らいつきながらも、徐々にのめりこんでゆく自分に気づいた。図書館の本、教科書の記述、楓の話、なにもかもが好奇心をそそられた。今まで武術の稽古づくしだった俺がこんなふうに変わってしまうなんて思ってもみなかった。新しい世界が開けた気がした。知らないことを知るのは、とてもおもしろいことだ。それに気づかせてくれたのは、他の誰でもない、楓だった。

初夏の日差しが、けやき並木の緑をキラキラと輝かせている。NHKホール脇の植え込みは、ここのところ楓と俺のお気に入りの勉強場所だった。

「すごい集中力。この調子ならすぐに私の参考書の問題も解けるようになるかもね」

「楓の教え方が上手《うま》いんだ」

「ホント？」

「師匠にはちょっとうるさい俺が言うんだ。間違いない」

「師匠さんって、育ててくれた剣道のお師匠さん？」

渋天街のことも含め、正確に説明するのは大変に難しい。なので、ざっくりと熊徹のことを、楓にはこのように伝えていた。

「ダメ師匠」

「ふふふ。仲いいんだね」

「まさか。怒鳴り合ってばっか」

「いいな。うらやましい」

「なんで?」

「私、実はね――、親とケンカしたこともないんだ」

「……え?」

俺は、本から顔を上げた。

今まで見たことのない、淋《さび》しげにうつむく楓の横顔があった。

「親の幸せのために私がいる。幼稚園から受験して、父さんと母さんが望むような成績を死にものぐるいで取って。なのにふたりとも、私の気持ちなんて知らない。気付いてすらいない」

と、ひとりごとのように呟《つぶや》いた。

俺は、楓の両親のことを頭の中で想像した。楓の家は駅の東側に建つ超高層マンションで(以前、教科書を受け取りに入り口の前まで行ったことがある)、広く清潔なエントランスには何人もの警備員が常駐していた。普通に考えればとても裕福な家のはずだ。だが目の前の楓は少しもそんな家の子には見えない。むしろどこにでもいるような、ひとりぼっちに震えている子に思えた。俺は何も言えず、ただ黙って聞く以外になかった。

楓の瞳は、静かな決意を秘めたものに変わっていた。

「でもわかってる。私は私自身で私を見つけなきゃ本当の私になれない。だから今はつらくても必死で勉強して、大学受かったら家を出る。自分のために勉強して、特待生になって、学費免除されるくらいになって、自分の力で卒業する。そして自分の人生を生きる」

顔を伏せた楓は、苦しそうに言い終えると、

「……はあっ！」

突然、水面に出て大きく息をするように顔を上げ、それからサバサバした笑顔で大きく背伸びした。

「誰かに初めて本音が言えた。うーっ、すっきりした」

その柔らかな横顔の奥に、静かなファイティングポーズが見えたような気がした。いまのままでいてたまるか、という覚悟だった。俺は、楓のことがほんの少し分かってきたような気がした。

「ねえ、その本のことだけど」楓はニコリと笑っていつもの先生の顔に戻ると、俺の手の『白鯨』を見た。「私が教えるだけじゃ限りがあるよ。もっとしっかりと読みこなす方法を学べる先生が、きっといる」

「どこに？」

楓は企《たくら》むようにこちらを窺《うかが》い、そしてしっかり背筋を伸ばし、堂々と言った。

「蓮くん、大学行く気ある？」

「そんな」

「受験するならサポートするよ」

「でも大学なんて俺」

突然のことに面食らい、戸惑うしかなかった。本当に、今まで考えたこともなかったのだ。

楓は、丸い瞳を挑発するように輝かせて覗《のぞ》き込んだ。

「知らないこと、もっとたくさん知りたくない？」

俺の中のファイティングポーズを試されている気がした。

「……知りたい」

俺は、絞り出すように言った。

それを聞いて、楓はニッコリと微笑んだ。

「高認——高等学校卒業程度認定試験っていう制度があるのね。昔は『大検』って言って、高校に行ってなくても大学を受験できる資格試験で——」

楓は、かつて古着屋に引っ張っていったときのように、俺を区役所の中へ引っ張っていった。案内板で位置を確認すると廊下をズカズカと歩き、学務課の進学相談窓口のカウンターにどっかと腰を下ろした。俺に代わって楓は、まるで我が事のように熱心に事情を説明した。

が、対応した年配の男性職員は開口一番、

「無理でしょ」

と言い放った。ファイルの案内資料をめくることもなく、メガネ越しに鋭く俺を見た。「どんな学力か知らないけど、その歳まで引きこもってたんなら、まずは夜間中学からでも始めたら？」

「あ、ですが」

と楓が口を挟もうとする。が、男性職員は淀《よど》みなく続けた。「そんなに世の中、甘いもんじゃないよ。万が一受かっても、保護者の援助がなくて学費どうするの？　奨学金だってよっぽどじゃなきゃ今どき貸してくれないよ」

ひょっとしたら、俺みたいな普通じゃない奴がフラフラやって来た場合の対応が一律に決められているのだろうか。

「あの、しかし……」それでも楓は食い下がろうとする。

男性職員は腕時計をチラリと見た。

楓は、俺の手を引っ張って憮然《ぶぜん》と席を立った。

「……よくわかりました！」

案内板の前に戻ってきても、怒りは収まらない。

「なにあのオヤジ、ムカツク！」

「やっぱ無理だよ、大学なんて……」

すると、分厚いファイルを胸に抱えた若い女性職員が追いかけてきた。先ほどカウンターの向こうから、こちらの様子を気にしていた女性だった。

「ごめんねー。なんでも相談して」とファイルを素早くめくりながら早口でまくし立てた。「特待制度のある大学も少なくないし、返済不要の企業奨学金も紹介できるから。もちろん成績次第だけど……」

と、次々とパンフレットを引き抜いて渡してくれる。

あっけにとられていた楓は、満面に笑みをうかべると、

「……ありがとうございます！」

と女性職員に頭を下げた。

俺もつられて一緒に下げた。「ありがとう、ございます……」

早速入手した高認の書類に目を通した。試験科目の合格要件が記してあるページで、俺は青くなった。

「数学と理科も必修……。全く勉強してないけど」

「大丈夫だよ、蓮くんなら」

「自信ない……」

「任せて。私が絶対合格させてみせる」

ポーン、と住民戸籍課の案内音が鳴った。

戸籍係の男性職員が窓口で、お待たせしました、と言った。

「高認受験のため住民票が必要とのことですが、元の住民票は職権で消除《しょうじょ》されているようです」

「やっぱり……」

ここを長く離れていたのだ。消えてしまって当然なのだろう。

「ですが」と男性は続けた。「戸籍の附票に記録が残っていましたので、新しく住民票を登録できます」

職員が書類を指し示す場所に、俺は釘付《くぎづ》けになった。

「お父様の現住所の記載に間違いないか、確認してください」

父

「――離れて暮らしてた、お父さん？」

楓は、心配そうに見上げている。

父さんと離れて暮らして、もう9年以上になることを短く説明した。

「どこにいるか、全然知らなかった。でも、こんなに簡単にわかるなんて」

「逢《あ》いに、行く？」

「いきなり行っても迷惑かもしれないし、もう忘れちゃってるかもしれないし」

自嘲《じちょう》ぎみに笑ってみせた。楓はじっと俺を見つめたままだ。

「――」

「でも……」

そうじゃないかもしれないし――。

その住所は、渋谷区のはずれにある町を示していた。昔三人で暮らしていた町とも違うし、そのあと母さんと二人で住んだ町とも違う。何の記憶も馴染《なじ》みもない町名だった。

俺はひとり、メモを片手にその住所へと歩いた。

首都高速が通る街道から折れ、狭い道幅の親密な空気を醸し出す商店街を通り過ぎ、住宅地をしばらく行くと住所に記された建物にたどり着いた。周囲に並び立つ大規模マンションの片隅で、そのマンションは身を縮めるようにこぢんまりと建っていた。ドアの前で、もう一度メモを見た。間違いがないことを確認して、ノックしようとした。が、直前で手が止まってしまう。

——何て言う？　どんな顔して会う？　今までのことをなんて説明する？

その全てに答えられない。何の準備もできていない。

4階建てのマンションは、ベランダの洗濯物の様子から、多くの部屋は明らかに家族が住んでいるような佇《たたず》まいだった。父さんの部屋は3階の左端。ベランダにはいくつかハンガーがかけてあるだけだ。一人暮らしのようにも見えるし、あるいはそうでないようにも見える。アルミサッシが閉まっていて中の様子を窺《うかが》うことはできないが、中に人がいる気配はない。平日のまだ昼間だ。不在なのは当然なのかもしれない。

手紙を残しておくのはどうか。せめて書き置き程度でも。

コイン駐車場の車止めに腰を下ろし、バッグからノートを出して書き始めた。

が、すぐにペンが止まる。

「なんて書けばいいのか……」

結局、ページを千切ってくしゃくしゃにする。

「アハハハ」

突然の笑い声にドキリとして、その方向を見た。

野球のグローブを手にした子供と父親が、駐車場を歩き過ぎた。

「父さん、ボール」

「ハハハ。ホレッ」

子供は、昔の俺と同じぐらいの歳だ。父親も、昔の父さんと同じくらいか。

「……」

彼らを見送って、ふたたび父さんの部屋を見上げた。

辺りはすっかり夕方になった。マンションの他の部屋に、次々と明かりが灯《とも》った。

でも、父さんの部屋に変化はなく、暗いままだった。

「……」

俺はとうとう諦《あきら》めて立ち上がり、来た道をとぼとぼと戻った。

夕暮れの商店街は、人で溢《あふ》れていた。西日がガラスに反射して眩《まぶ》しい。もしかしてこの人波に父さんが紛れているかもしれない。あのマンションに住んでいるなら駅からの通り道のこの商店街で買い物するのではないか。

俺の中の父さんは、まだ母さんと三人で暮らしていた頃のままの父さんだった。あれから9年経った。今、父さんはどんな顔をして、何をし、どんな姿になっているのだろうか。うまく想像できないまま手探りするように、往来の中に父さんの姿を探した。俺がじっと見るものだから、すれ違う男たちは怪訝《けげん》な顔をして俺を睨《にら》み返した。

結局、父さんに似た人は一人も見かけなかった。

商店街の出口付近にある、靴店の前を通り過ぎたときだった。

肩にビジネスバッグを掛けた半袖《はんそで》ワイシャツ姿の男が、店先で屈《かが》んで靴紐《くつひも》を結んでいた。靴店の奥から店員の女性が封筒を手にやってきて声をかけた。

「お客さん、忘れ物」

「あ」

ワイシャツの男はあっと頭を上げて、立ち上がった。

「ホントだ。ついうっかり」

その声。俺は、反射的に振り向いた。

店員が、置き忘れた封筒を渡す。ワイシャツの男は受け取り、優しそうな笑顔で礼を言う。

「どうもありがとう」

目が離せなかった。心臓が高鳴っていた。

ワイシャツの男は、封筒を見ながら背を向け、向こうへ歩き出す。

行ってしまう――。俺は、意を決して前へ出た。

「……あの」

ワイシャツの男は、振り返ってこちらを見た。

「……はい?」

その顔。やっぱり父さんだった。

少し髪が薄くなっている。少し無精髭《ぶしょうひげ》が生えている。でも絶対に間違いない。他人の空似なんかじゃない。

しかしその思いとは反対に、自分の中で急に自信がしぼんでいく。

なぜならワイシャツの男は、俺を初めて見たような顔をしていたから。

自分の胸に手を当てて、訊《き》いた。

「俺のこと、憶《おぼ》えて……ます、か?」

「……」

ワイシャツの男はわからないらしく、済まなそうに手を頭にやって、曖昧《あいまい》な笑顔を浮かべた。

俺は絶句した。

「やっぱり……。すみません」

いたたまれなかった。小さく礼をして、その場を離れた。やっぱり。わからないのなら、どれだけ父さんに似ていたとしても、父さんじゃないのかもしれない。

すると、

「……蓮」

後ろで声がして、振り返った。

「……蓮なのか？」

ワイシャツの男がこちらを見つめて、はっきりと俺の名を呼ぶ。

間違いなかった。

父さんは走り寄って、そのまま飛びつくように俺をきつく抱きしめた。

「こんなに大きくなって……。わかんねえよ」

抱きしめられ、俺は呆然《ぼうぜん》として動けなかった。通行人が、そんな俺たちを奇妙な目でじろじろ見ている。

「どうしてたんだ、今まで……」

父さんは絞り出すように言った。

「あ、その、世話んなった人がいて、それで」

しどろもどろで俺は答えた。

「よかった、無事で……。済まなかった、今まで何もしてやれなくて……」

父さんは俺を抱きしめたまま、商店街の真ん中で、人目も憚《はばか》らず大声で泣いた。

「……父さん」


昼休み、学校に楓を訪ねた。敷地内は関係者以外立ち入り禁止だったので、門の横の柵《さく》をはさんで昨日のことを話した。楓はホッとしたように言った。

「そう。よかったね……」

「父さん、母さんの事故のこと、ずっと後になって知ったんだって。飛び出したまま行方不明になっていた俺をずっと探してくれてたって。警察が諦めた後でもずっと」

「そう……」

「楓ーっ！」

ちょっと離れたところから楓の友達らしき女の子三人が、押し合いへし合いしながら興味津々の笑みを投げかけてくる。

「ねえその人、楓の彼氏？」

「違うよ」困ったように楓は答える。

「じゃ誰？」

「どこの学校？」

「あっち行ってて っ！」

三人組はキャハハハ、と無邪気な笑い声を立てて校舎に戻っていった。

楓は済まなそうな顔を向けた。「ごめん」

「ううん。──でもさ、これで俺も、普通になれるかな？」

「普通？」

「普通の奴みたいに親と一緒にいて、普通に勉強したり働いたりして、普通に家に帰って普通に寝る。そんな生き方、ひょっとしたら俺にもあるのかな？」

俺は柵越しに楓の高校の校舎を見上げた。改築したばかりだという5階建ての校舎の一部はガラス張りで、生徒たちが思い思いに昼休みを過ごす姿が見えた。おしゃべりをする女子たち。追いかけっこをしている男子たち。楽器の演奏をしているグループ。ダンスの練習をするグループ。きっとなんでもない、どこにでもある風景。

楓は瞬《まばた》きすると、見透かしたみたいに言う。

「でも、迷ってる？」

「──」

「師匠さんのこと？」

「──うん」

＊

『……そこからの九太と熊徹に何があったかは、私が語るとしよう。

日が沈んだ頃、九太は戻ってきた。小屋に入ってくるなり、切実な眼差《まなざ》しでじっと熊徹を見つめていた。そのいつもと様子の違う表情にただならぬものを感じ、私と多々良は部屋の隅で見守るしかなかった。

熊徹は、背を向けたまま言った。

「どこ行ってた」

「相談があるんだ。真剣に聞いてほしい」

「稽古《けいこ》はどうした」

「聞いて。実は」

「さぼっていいと思ってるのか」

「聞いてやれ熊徹」私は口を挟んだ。

だが熊徹には聞く耳など元々なかったのかもしれない。

「それより、こりゃ何だ?」

と机に放ったのは、数学の教科書だった。「お前の寝床にあった。説明してみろ」

九太はそれを見てしばらく黙っていたが、やがて覚悟を決めたように顔を上げた。

「……人間の学校に行きたい」

「なに？」

「他の世界を知りたいんだ。だから」

「そんなことより、もっとやらなきゃならないことがあるだろ。強くなるのがお前の目的じゃねえのか」

「強くなったよ」

「は？　笑かすな」

「じゅうぶん強くなった」

熊徹は唐突に立ち上がると、九太を指差しまくし立てた。

「お前のどこが強いってんだ！　あ？」

その威圧的な態度に、九太は失望したようにうなだれてひとりごとのように言った。

「……あんたと話すといっつもこうなるよな。俺の話も聞かずに自分ばっか勝手にわめいて」

「言ってみろ。いつ強くなったんだ!?」

「もういいよ」

「待て、どこ行く？」

「もうひとつ話がある。——父親が見つかった。そこへ行く。今、決めた」

「……なんだと⁉　そんな……！」

激しいショックに口をあんぐり開けたまま、熊徹は絶句した。

九太は教科書を摑《つか》んで鞄《かばん》に入れると、振り切るように小屋を出て行った。

「……おい待て。おい！　行くな！」

熊徹は慌てふためいて石段を下ると九太の前に回り込み、両手を広げて立ちふさがった。九太は苛立《いらだ》った声を上げた。

「どけよ」

「行かせねえ！」

熊徹は力ずくで阻止を試みるつもりだった。

が、九太は不意に熊徹の襟首を摑んだ。

「あっ！」

と気づいた時には熊徹は既に投げられていた。九太の鮮やかな払い腰だった。熊徹はなすすべなく、ドーンという音とともに無様に体を地面に打ち付けた。その哀れな姿に九太は一瞬辛《つら》そうな表情を浮かべたが、すぐに背を向けて歩き出した。

熊徹は身を起こし、追いすがるように叫んだ。

「行くな九太！　九太！」

九太は振り返らずに、石段を下って行った。

「九太……！」

熊徹の声は誰にも届かず、夜の闇に溶けた。


夏の清々《すがすが》しい入道雲が、真っ青な空に映えている。

熊徹庵《あん》の前庭では、稽古中のはなたれ弟子たちが、熊徹に怒鳴られてしゅんと身を縮めていた。

「違う！　違う違う違う！　なんでわからねえ？」

「すみません」

「わかるだろう勘のいい奴なら！」

「すみません」

「なんでも謝ってんじゃねえよ！」

「すみません」

「もういい！　帰れ！」

カーテンをはねのけて小屋に戻ってきた熊徹は、リビングの多々良と私を無視してそのまま台所に直行し、ブリキのコップで水道水をがぶ飲みした。そのピリピリした態度に私たちは目を見合わせた。多々良はここのところの奴の荒れっぷりにうんざりした顔で言った。

「この期に及んで父親が現れるとはね」

「本当に帰って来ないつもりかね」

「帰ってくるわきゃねえだろ」

「九太がいないと、熊徹は元のダメ男に逆戻りだ」

「いや、もう既に……」

突然、熊徹がブリキのコップを投げつけた。

「うるせえ!」

「なにしやがる、危ねえな!」

拳《こぶし》を握って立ち上がる多々良に一瞥《いちべつ》もくれず熊徹は大股《おおまた》で小屋を出ると、弟子たちの去った前庭にひとり立ち、それから背を丸めて座った。

あの夜のあとから、熊徹は終始こんな感じだった。周囲の迷惑をよそにイライラを所構わずぶちまけていた。だが私には、このときの熊徹の苛立ちがよくわかるつもりだ。あんな奴でも、いままで九太の親代わりのつもりだったのだ。予期しない突然の九太の不在に激しく心を乱し、自分でもどうすることもできなかったのだろう……』

＊

夏の清々しい入道雲が、真っ青な空に映えている。

「迷ってたの、解決した？」

楓が覗《のぞ》き込む。

「――」

「しなかったんだ」

何も言わないのに、楓が言い当てる。

正直、ずっと熊徹のことが頭から離れない。

あんなふうに出て来るつもりじゃなかった。ちゃんと正直に自分の気持ちを言って、どうしたらいいか相談するつもりだった。一緒に考えて欲しかった。でもそうはならなかった。流れであんなことになってしまった。しくじってしまったのかもしれない。

後悔していた。でももう元には戻れない。

「関係ないよ、もう」

俺は振り切るように言った。「これから父さんと逢《あ》うんだ。そしたら解決する」

「無理してない？」

「なんで俺が」

「今日、ずっと図書館にいる。何かあったら来て」

楓は、心配げな瞳《ひとみ》でじっと俺を見送った。


「……蓮！」

夕方の商店街の往来の中で、父さんは待っていた。俺を見つけると肩に鞄をぶら下げたまま手を上げて、晴れやかな笑顔を見せた。

その顔に、俺は笑い返すことができない。

父さんは、手にしたスーパーの買い物袋を持ち上げて見せた。

「今日の晩飯、ハム入りオムレツ。作って一緒に食おう」

ハム入りオムレツは、昔の俺の好物だった。

「ああ」

仕方なく、俺は無理に笑ってみせた。

マンションへの帰り道、父さんは自転車を引きながらずっと喋《しゃべ》り続けていた。俺はそのうしろをうつむきながらとぼとぼついていった。父さんは昔話をするわけでもなく、むしろ最近のなにげない当たり障りのない話ばかりをして、わざわざむりやりに間を埋めているような感じだった。俺はそれに相槌《あいづち》を打つでもなく、ずっと黙って聞いているだけだった。

父さんは間合いを計るように、慎重に切り出した。

「……ところで、今までお世話になった人のこと、もっと詳しく教えてくれないか？」

「え？」

「ご挨拶《あいさつ》しなきゃ。それでちゃんとお礼をして、それから二人で一緒に暮らそう」

「……ちょっと待って」

俺はびっくりして、思わず立ち止まった。

父さんは自転車を引く手を止め、振り返った。

「ん……？　当然だろう？」

「だって……」

今までどこにいてどうやって暮らしていたかを、父さんに説明するのはとても難しい問題だ。だから、世話になっている人がいて、というくらいしか伝えていなかった。父さんがもっと詳しく知りたいのも無理はない。

だからといって、全てを話してしまえるほど俺と父さんの距離はまだ近くない。9年間も離れて暮らしてきたままなのだ。

「だって……。急に埋まんないよ、時間」

「……そっか。つい」父さんは申し訳なさそうに言った。「そうだよな。大人の経つ時間と子供の経つ時間は違うもんな。おれには、母さんや蓮と過ごしてたのが、つい昨日のことみたいなんだ」

「昨日――」

俺は、あまりの隔たりに愕然《がくぜん》として、言葉もなかった。

「急《せ》いて悪かったな」父さんは、優しい笑顔で空を見渡して言う。「少しずつやり直そう。今までの辛《つら》いことは全部忘れて、これからは前を向いていけるように――」

突然、俺の胸の中で、何かが蠢《うごめ》いた。その何かは、あっという間に俺の全身を支配し、攻撃的な衝動に形を変えた。低く鋭い声で俺は父さんに迫った。

「やり直すって、何を？」

「え？」

俺の豹変《ひょうへん》に、父さんはびっくりしたように振り返った。

「なんで辛いって決めつけるんだよ。父さん、俺の何を知ってんだよ？」

「蓮」

「何も知らないくせに知ったようなこと言うなよ！」

「蓮、おれは――」

とそのとき、不意に弾《はじ》けるような無邪気な笑い声が俺と父さんの横を通過した。自転車で行き過ぎる部活帰りの男子高校生たちだった。水を差され、さっきまでの俺の勢いは急速に衰えた。残り物の衝動は行き場を失い、ただのひとりごとになった。

「……知らないの当たり前だよな。俺、なんも言ってないし。——ごめん。今日行くのやめとく」

堪《たま》らず、振り切るように背を向けて歩き出した。

「蓮、これからどうするか蓮が決めればいいよ。だけど！」

父さんの声が後ろから突き刺さった。「だけど忘れないで。おれにできることはなんでも全力でする。だから！」

俺は、暗くなっていく街をずんずん歩いた。

「……何なんだ俺は？　どうしたいんだ？　なんで父さんにあんなこと言っちゃうんだ？」

先ほど胸の中で蠢いたものはなんだったのか？　混乱していた。自分で自分がわからない。いたたまれなくなって、逃げるように早足で歩いた。

突然、頭の中で声が響いた。

——行くな！

熊徹だった。

俺はかぶりを振った。

「くそっ！　なんであいつなんかが……」

父さんが優しい顔で囁《ささや》いた。

——やり直そう。

かぶりを振った。

「くそっ！」

また熊徹が叫ぶ。

——行くな！

じゃあ、どこへ行けばいいんだ？

「くそっくそっくそっ！　わかんねえっ！」

俺は走らずにはいられなかった。


いつのまにか、賑《にぎ》やかな渋谷の街の中に戻っていた。

「はあっ、はあっ、はあっ、はあっ」

立ち止まり、手を膝《ひざ》に当てて息を整えた。街は相変わらず人でごった返している。行き交う人はみな楽しげだ。こんな騒がしいところでうつむいているのは俺一人に違いない。

道路を挟んだ向かいのビルの前で、看板が光っている。その光の中に、何かが揺らめくようにゆっくりと浮かび上がってくるのに気がついた。

「……？」

その揺らめきはやがて像を結ぶように、はっきりとした形を成していった。

（ダイキライ……ダイキライ……）

俺は息を呑《の》んだ。

「……？」

（ダイキライ……ダイキライ……）

小さな子供の影だった。

「あれは……、昔の俺……」

思い出した。9年前、本家の親戚《しんせき》たちから逃げ出した時、そこに置いてきたままの影だった。影は、何かを言いたそうに、ゆっくりと体を俺の方に向けた。すると、その胸のところに、ぽっかりと大きな穴が空いていた。

「……穴？　なんなんだよ……？」

小さな影は、ニヤリと笑った。次の瞬間、

「あ……？」

忽然《こつぜん》と消えてしまった。

俺は慌てて見回した。だが坂道を行き過ぎる人波があるばかりで、見つからない。

どこだ？　どこにいってしまったんだ？

消えたわけじゃなかった。

影は、俺のすぐ後ろにまわりこんでいたんだ。

「!?」

振り返ったビルのディスプレイの鏡の中、俺が映り込むかわりに、俺の影がニヤリと笑っていた。胸には、ぽっこり空いた穴が渦巻いていた。

凹《へこ》んだ、底なしの穴だった。

「……なんだよこれ……？」

俺は愕然となって、自分の胸を鷲摑《わしづか》みにした。だがもちろんそこに穴など空いてなかった。しかし確かに目の前の俺の影には大穴が空いている。欠落をはっきりと示すように空いている。俺は自分の胸をかきむしり、気が狂いそうになりながら影を見た。影は不気味に笑いながら俺に、欠落した穴をこれでもかと見せつけてくる。もう爆発寸前だった。

「わあああああああっ！」

俺は叫び声をあげて、逃げるように走り出した。

図書館にたどり着いた時、明かりはもう消えていた。外の掲示板だけが煌々《こうこう》と蛍光灯の冷たい光を放っていた。俺はくたくたに走り疲れた体のまま、閉じた門に取り付き、力任せに開けようとした。

門は開かない。

楓はもう帰ってしまったのだろう。閉館しているのだから当然だった。諦《あきら》めて手を下ろした。俺はこれからどこへ行けばいいのか？　どこにも行くあてがない。

「……蓮くん？」

声がした。

掲示板の光の向こう、鞄《かばん》を抱えた楓がいた。


「すごく怖い顔。なんだか蓮くんじゃないみたい」

いつかの神社脇の駐車場で、楓は俺を見て言った。

胸の息苦しさに楓をまともに見ることができず、俺は顔に手を当てたまま指の隙間から睨《にら》むように見た。

「……教えてくれ。俺は一体、何なんだ？　人間かな？　それともバケモノかな？」

「バケモノ？」

「それとも、醜い怪物かな？」

「なに言ってるの？」

楓は、俺の暗い闇に目を凝らすように、じっと見つめてくる。

「教えてくれ。ねえ、俺は……」

顔を覆いながら、俺はおぼつかない足取りで楓に近づいた。楓は鞄を胸にしっかりと抱いて身構え、警戒しながらあとずさっていく。俺は逃すまいと、覆い被《かぶ》さるように両手を広げる。ガシャアアン、と激しく駐車場の金網が波打つ。

楓は、金網を背にいっぱいに身を縮め、震えながら呟《つぶや》いた。

「蓮くん、普通じゃない……」

「俺は一体……！　俺は……！」

俺は、唸《うな》りながら楓に迫った。

「……！」

楓は、意を決したように暗い闇を睨みつけると、それを払いのけるように俺の頬を強く平手打ちした。

打たれて俺は呆然《ぼうぜん》となった。何が起こったのかわからなかった。みるみる全身の力が抜け、今にもぶっ倒れそうになって後ろによろめいた。楓はとっさに背伸びして俺の首に手を回して引き寄せ、そのままふたりとも金網にもたれかかった。楓は、俺をまるで何かから押しとどめようとするように抱きしめ続けた。

「……私だってときどき、どうしようもなく苦しくなることがある。なにもかもどうにでもなれって思って、何かが吹き出してしまいそうになる。蓮くんだけじゃない。私だけじゃない。きっとみんなそう。だから……大丈夫……大丈夫」

楓は、まるで自分にも言い聞かせるように囁き、目を閉じた。

俺は楓に抱かれながら、胸の息苦しさが和らいでいくのを感じた。やっと顔を上げることができるようになっていた。

楓の顔に向き合い、まん丸な瞳《ひとみ》をちゃんと見た。

「ありがとう。落ち着いた。頭冷やす。もう少し、考える」

ホッとした笑顔になった楓は、よかった、いつもの蓮くんに戻った、と言った。それから、ふと思いついたように自分の右手首に指をかけた。

あの赤い紐《ひも》をほどいている。

「これ。小さいころ私の好きだった本のしおり。私、これにずいぶん助けられたの」

楓は、俺の右手を引き寄せて手首に結び、念を押して約束するように言った。

「もし自分で危ないって思ったり、さっきみたいな気持ちになったら、思い出して」

俺は、結んでくれた手首のしおりをじっと見つめた。

「お守り」

楓は言った。

渋天街に戻ってみて、驚いた。

街のいたるところに盛大な飾り付けが施されている。ネオンのある門にも、給水塔にも、川沿いの並木にも。まるで賑《にぎ》やかなお祭りムードだ。

「……なんだ？　どうなってるんだ？」

俺は訳が分からず、キョロキョロと見回した。広場に立つ巨大な灯籠《とうろう》に、熊徹と猪王山のシルエットが描かれていた。これは……？

「九太！」

呼ぶ声に振り返ると、満面の笑みで二郎丸がいた。

「うち寄ってけよ」

二郎丸の家——つまり猪王山の屋敷は、渋天街の東の丘の一等地に建つ。

猪と竹が描かれた大きな襖絵《ふすまえ》が、美術館のようにだだっ広い座敷を飾っていた。これほど大きな屋敷は、宗師の庵《いおり》を除けば他にないだろう。

二郎丸はこんな豪邸に住んでいながら、気取らない素朴な男だった。俺たちは子供の頃からずっとそうしているように縁側の前の陶器の椅子にのんびりと座り、ゆったりと話をした。よく手入れされた竹林の庭を眺めながら、二郎丸の母さんが持ってきてくれた茶を飲み、菓子をほおばった。

「宗師さまが突然日にちを決めたもんだから、準備で街中大騒ぎさ」

「日にち？」

「明日《あした》はおいらの父ちゃんとおまえの師匠の決着の日だよ。新しい宗師を決める試合の……」二郎丸は目を丸くして訊《き》いた。「まさか、知らなかったのか？」

俺はちょっと顔を伏せて言った。「実はちょっとモメてさ。気まずくてしばらく会ってなかった」

「そっか……。でもおいらだって父ちゃんの顔を見てないぜ。ずっと稽古《けいこ》で忙しいからな。淋《さび》しいけどしょうがない。父ちゃんに勝ってほしいからさ。おまえもおまえの師匠が負けたら嫌だろ？　なら気まずいなんて言ってないで応援しようぜ」

二郎丸は励ますように言った。

「……ああ」

「どっちになってもおいらたちは友達だ」

二郎丸は立ち上がり、爽《さわ》やかに笑って右手を差し出した。まっさらな裏表のない瞳だった。俺は応《こた》えて立ち、握手した。

「もちろん」

「いい戦いになるといいな」

「ああ」

俺たちは顔を見合わせて、笑い合った。

「二郎丸」

声がして見ると、開いた襖の間に一郎彦の姿があった。いつのまにか俺たちを微笑ましそうに見ていた。

「兄ちゃん」二郎丸は笑顔で答える。

一郎彦は、とびきり優しい目で、弟を見た。

「あまり引き止めて九太に迷惑をかけてはいけないぞ。ほらもう夕方だ。僕が玄関まで送っていこう」


カナカナカナ、と庭にヒグラシが鳴いている。

一郎彦といっしょに、ひと気のない竹林を辿《たど》った。一郎彦は相変わらず口元をマフラーでぐるりと巻いて隠していた。

送ってもらうのは不思議な気分だった。小さい頃ならいざ知らず、最近では互いに話す機会もめったになくなっていたからだ。自分から送ってゆく、ということは、何か俺に言いたいことがあるのかもしれないと勝手に思い、あれこれと想像して答えを準備していたのだったが、結局一郎彦からは何も話さないままだったので、いささか拍子抜けしてしまった。

小さな門の手前に着いたところで、一郎彦を振り返った。

「ありがとう。じゃあ……」

そのとき。

突然、竹の破片のようなものが飛んで来て、俺の頬をかすめた。

「ッッ……！」

なんだ今のは？

ひるんだ所を狙い澄ましたように、一郎彦の拳《こぶし》が飛んできた。

「え？」

不意をつかれて、腹にもろに食らった。

なぜ、と疑問を挟む間もなく、俺は地面に倒れこんでしまった。

一郎彦の眼になんとも言えない厭《いや》な光が宿っていた。俺を憎しみを込めて、何度も何度も執拗《しつよう》に蹴《け》った。

「何が……いい試合だ？……ふざけるな。……人間の……おまえや……熊徹みたいな……半端者は……半端者らしく……分をわきまえろ……！」

いままで見たことのない一郎彦だった。幼い頃からの優等生が、こんな暴力的な面を隠し持っているなんて思いもしなかった。俺はされるがまま何も抵抗できず、ひたすら痛みに耐え続けた。

やがて一郎彦は満足したように、蹴るのをやめた。宙に浮いていた竹の破片が、バラバラと落ちた。

「……わかったか」

そのとき、俺は見た。

去り際の一郎彦の胸に空いた、黒い穴を。

俺と同じ、胸の穴だった。

――穴……。なんで……？　一郎彦に……、俺と同じ穴……。なぜ？――

ヒグラシの声がカナカナと竹林に響いた。

闘技場

『……その日、渋天街中のバケモノたちが、闘技場に一気に押し寄せたんだ。

ついに、熊徹と猪王山の決着がつく日だ。

それはつまり、誰が新しい宗師になるのかが、決まる日でもあった。

闘技場の天幕に丸く開いた巨大な穴からは、雲ひとつない夏の空が覗《のぞ》いてた。天幕の下には布の街・渋天街らしく、色とりどりの大きな布が無数に吊《つ》り下げられ、大舞台を盛り上げてた。約五万の収容数を誇る観客席は高揚感と熱気に包まれ、昼頃にはすでに超満員のすし詰め状態だった。飲み物や菓子を売る売り子の掛け声に交じって、あちこちから、いろんなざわめきが聞こえてきた。

「あたしは猪王山」「僕は熊徹」「熊徹が勝つね」「いや、猪王山だな」「もちろん猪王山が勝つ」「いや、意外と熊徹かもな」……。

子供、年寄り、女、男、金持ち、職人——。様々なバケモノたちが分け隔てなく同じ席に座り、闘技場中心の円形のフィールドを眺めながら、思い思いに予想を立ててた。皆、いかに今日の日を楽しみにしてきたかが窺《うかが》い知れた。

件《くだん》の博打《ばくち》好き三人組も、バケモノでごった返す観客席の端っこで顔を寄せ合ってコソコソと賭《か》けをしてた。

「オレ猪王山」

「オレ熊徹」

「オレ……ああ、悩む！」

宗師さまが式典用の刺繍《ししゅう》の入った特別に華やかな着物に身を包み、スピーチした。

「わしは悩んだ！　果たして何の神として神々の列に加わるのがよいのか、この9年、悩んで悩んで悩んでまた悩んだ！」

などといささか大げさに冗談めかしたあと、穏やかに観客席を見回した。「が、ようやく決めたぞよ」

素朴そうな髭面《ひげづら》の若い奴が、客席から立ち上がって訊く。

「で、何の神様になるんでございますかい？」

宗師さまは答えた。

「ズバリ、決断力の神じゃ」

ドッと会場から笑いが起こった。宗師さまの引退を祝う気持ちが、自然と大きな拍手を生んだ。いかに愛された宗師だったかがわかるってもんだ。

「試合の後、賢者たちの力を借りて転生の儀式を行うゆえ、楽しみにせよ」

そう言って宗師さまは席へ引き返した。

審判長が、会場の隅々まで響き渡る太い声で宣言した。

「これより渋天街の新しい宗師を決する儀式を行う！　候補者は前へ！」

ウオオオッ、と、観客席から地響きのような歓声が沸き上がった。

西の門からマント姿の猪王山が入場するのが見える。一郎彦と太刀持ちの二郎丸を引き連れ、さらに後ろに揃いの上着を着た屈強な弟子たちを従えている。

さて東の門からは、熊徹さまの入場だ。

後ろをおれと百秋坊とで歩いた。それに続いて熊徹庵のはなたれ弟子たちがぞろぞろとついてくる。会場の大きさに圧倒されるように、あんぐり口を開けてキョロキョロあたりを見回してやがる。

おれは両者を見比べて言った。

「うわー、弟子の面だけで明らかに見劣りしてるな」

「九太がいてくれればなあ」

百秋坊がぼやくように呟《つぶや》く。そりゃそうだ。九太さえいれば、ニキビ面のはなたれなんぞに熊徹の太刀持ちをやらせたりしねえ。

熊徹は曇った表情で俯《うつむ》いたままだった。九太が出て行った晩からずっとこのありさまだった。全くしょうがねえやつだ。おれはイラついて奴を睨《にら》んだ。

「なんだよ浮かねえ面しやがって。これから試合だぜ。わかってんのかよ」

熊徹は不意に立ち止まり、ブルブルと頭を振ると、吹っ切るように突然大声で吠《ほ》えやがった。

「ウオオオオオオオオオオォッッッ！」

その馬鹿でかい声におれたちはびっくりして、思わず耳を塞《ふさ》いだ。

「うわっ、うるせえバカ！」

猪王山はその様子を見てニヤリと笑うと、熊徹に応《こた》えるかのように吠えた。

「ウオオオオオオオオオオッッッ！」

両者の咆哮《ほうこう》合戦に、観客席のバケモノたちが、次々と立ち上がって吠え出した。

オオオオオオオオオオオオッッッ！

無数の獣の咆哮が連鎖的に広がり、やがて闘技場全体を包んだ。

その観客席の中に、フードを頭からすっぽり被《かぶ》って身を隠した九太が紛れていたことを、おれたちや熊徹は、まだ知らなかった。

試合開始の瞬間が刻々と近づいていた……』

『……私は、闘技場のフィールドに対峙《たいじ》する猪王山と熊徹の姿をじっと見ていた。

猪王山のいでたちは、肩に祝祭用の派手な羽根飾り、両腕には鋲《びょう》の付いた鞣《なめ》し革のプロテクター、儀式用のしめ縄を帯がわりに締めている。鞘《さや》と鍔《つば》を封印された漆黒の刀をゆっくり腰に差す。

対して熊徹は、太陽の模様を染めた布を肩に巻いている。鞣し革のプロテクターやしめ縄の帯は猪王山と共通している。朱色の鞘の大太刀を肩に担いで準備する。

熊徹側、猪王山側の弟子たちは、それぞれ東西の門近くの関係者席に陣取っている。東の熊徹側からは私と多々良、はなたれの弟子たちが緊張の面持ちで見守っている。

宗師さまは特別観覧席の絢爛《けんらん》な椅子に腰掛けてにこやかに見下ろしていた。両サイドに来賓の賢者たちの姿が見える。私たちがかつて旅した時に出会った、マントヒヒや長毛猫、アシカの賢者の姿も見えた。

審判長の声が響く。

「作法に則《のっと》り、刀は鞘のまま使用すること。抜くことは許されない。逃げたものは負け。または十拍の間、失神したものは負け。その他作法規則を遵守すること」

審判席のうしろで渋天街各区の旗が揺らめく。各区から選ばれた代表で審判団を形成していることの証《あかし》だ。さらに副審が二人、そして中央に主審の審判長がいる。審判たちは皆、派手なオレンジと黒の縞《しま》模様の狩衣《かりぎぬ》と烏帽子《えぼし》を身につけている。

「両者用意！」

熊徹は両手を前に出し、腰を落として構える。

猪王山は直立不動のまま、じわりと刀の柄尻《つかじり》を摑《つか》んでいる。

バケモノたちは息を殺して見守る。

闘技場全体が静まり返る。

そして――。

「はじめ！」

審判長の宣言で、試合が始まった。

同時に、熊徹は猪王山めがけて鋭く突進した。大太刀が左右に大きく揺れる。猪王山は腰を落として待ち構えている。

「オラアアァァァァ！」

猪王山の直前、熊徹は不意打ちのように毛を膨らませ、獣の形態へと変化した。筋肉が大きく膨らみ、二の腕と背中のプロテクターが音を立てて弾《はじ》け飛ぶ。

「いきなりかよ！」

多々良が叫んだ。

熊徹の第一打を、猪王山が右腕で受ける。熊徹の巨体はそれを弾き飛ばし、続けざまに第二打、第三打を放つ。猪王山は後退やスウェーでかわすが、続く熊徹の左ストレートは避《よ》けきれずにガードとなる。

熊徹の猛ラッシュに、猪王山は防戦一方だ。

「熊徹が押してる!?」

私は意外に思った。弟子たちは優勢に喜んでいる。

だが多々良は気が気でない様子で呟く。

「あの野郎、スタミナも考えずに……」

「オラアアアアアアッッッ！」

熊徹は気合の右拳《こぶし》を放つ。

猪王山は両手をクロスさせて受け止めたが、そのまま体ごと吹っ飛ばされ、フィールドの壁面に激突した。

「父ちゃん！」

関係者席から二郎丸が心配の声を上げる。

一郎彦は苛立《いらだ》ったように横を見て怒鳴る。

「黙って見てろ」

もうもうと舞う土煙の中、悠々と刀を鞘ぐるみ抜く猪王山の姿が見えた。まるでダメージを受けていないかのようだ。

熊徹は追撃を加えるため、四つ足になって突進する。

猪王山は優雅に立ち止まると、手にした刀を、なんとフェンシングみたいに構えた。

会場から驚きの声が漏れる。あんな日本刀の構え方があるのか。

ダダダと巨体を揺らす熊徹の突進を、猪王山は闘牛士さながらにギリギリでかわした。再度の突進も待ち構え、紙一重ですれ違う。どうやら正確な間合いを計っているようだった。猪王山は、熊徹の三たびの突進をかわすのに、アクロバチックな宙返りを披露し、着地も決めてみせた。

「おおおおお！」

闘技場に歓声と拍手が沸き起こった。会場の雰囲気があっという間に猪王山のパフォーマンスにひっくり返されてしまった。

「ほら見ろ」一郎彦は勝ち誇って言う。

猪王山は遊びは終わりだとでも言わんばかりに刀を素早く振って土煙を払うと、腰を落として鋭く向かった。対して熊徹は愚鈍な獣のように闇雲な突進を繰り返すのみだ。

闘技場の中央で、両者は激突した。

大きな音とともに盛大な土煙が上がった。猪王山の身を翻して構え直す姿が見えた。目を反対に転ずると元の大きさに戻ってしまった熊徹が、盛大な土煙を上げてすっ転んでいる。

「ああっ！」

私たちは頭を抱え、目を覆い、悲鳴を上げた。

「ウウウ……くそっ！」

熊徹は四つん這《ば》いで頭を振る。誰がどう見てもダメージが大きい。

そこへ何かがドドドと地響きを立て、煙を蹴散《けち》らしてやってきた。

巨大な猪に獣化した、猪王山だ。

「あっ！」

慌てて熊徹は立ち上がったが間に合わず、猪の体当たりをもろに受けた。その衝撃で背中の大太刀が、フィールドの遠くに弾き飛ばされてしまった。

「くそっ！」

熊徹は急いで取りに走ろうとする。

が、猪王山はそれを許さない。回り込んで行く手を塞ぐと、ブォオオッッと大きな鼻を鳴らして威嚇する。

熊徹は進路を阻まれて動けない。

歓喜の二郎丸の横で、一郎彦が余裕の表情を浮かべる。

「さすが父上」

巨大な猪は突進し、熊徹を激しく撥《は》ね飛ばした。一度ならず二度。二度ならず三度。

熊徹は簡単に食らってしまう。最初の優勢が嘘みたいに。

「まじいな」

多々良は膝《ひざ》を立てると苛立ちまぎれに指を噛《か》んだ。

私も青ざめていた。「無駄にやられおって」

巨大な猪は、ふらつく熊徹を翻弄《ほんろう》し、容赦ない攻撃を加える。

特別観覧席の賢者たちの眼にも、優劣は明らかだった。

「こりゃあ」

「決まりかのう」

宗師さまは、何も言わずにじっと見るのみだ。

熊徹は、なす術《すべ》なく打たれ続けていた。身体中に打撲の跡が次々と増えていく。立っているのも精一杯という有様だった。

多々良は歯痒《はがゆ》くて歯痒くて仕方ないというふうだった。思わず立ち上がり、

「もう終わりかよォ！　熊徹！」

と、握り拳を振りかざして吠《ほ》えた。

が、その直後、熊徹は、猪王山にゴミのように突き上げられた。

決定的な一撃だった。

熊徹はゆっくりと宙を漂い、そして無残に地面に落下した。

「おおおっ！」

観客席のバケモノたちが次々と立ち上がった。手を広げて万歳する者、両手で頭を抱える者、歓喜の笑みを浮かべる者、心配げに口を覆い見る者……。

「ひとつ！」

審判長のカウントが開始される。

熊徹は、大の字に倒れたままピクリとも動かない。

「ふたつ！　みっつ！」

十拍のあいだ、失神したものは負けだ。

「よっつ！　いつつ！」

各地区の審判団が次々と立ち上がる。決着を見届けるために。

「むっつ！　ななつ！」

熊徹は、気を失ったままだ。

「やっつ！」

そのとき、東門の最前列で、身を乗り出す男の姿があった。

「九太!?」

気づいた二郎丸が声を上げる。

その瞬間、熊徹の体がビクンと大きく跳ねた。意識を取り戻したのだ。

ここのつの直前で、審判長のカウントが止まった。

最前列の仕切りの上に立つ者は、確かに九太だった。

バケモノたちのどよめきが聞こえた。

「九太だ」「九太だって？」「熊徹の一番弟子の九太だ」……。

なんということだ。九太は闘技場にいたのだった。ずっと熊徹の戦いを見ていたのだ。きっと劣勢を目の当たりにして我慢できずに出て来たに違いない。

「ウウ……ウウウ……」

熊徹は気を取り戻したものの、荒い息で苦しそうに地に伏せたまま、起き上がれないでいる。

私はハッと我に返ると、九太に懇願する気持ちで叫んだ。

「九太頼む！　熊徹を勇気付けてくれ！」

この状況で熊徹に力を与えてやれるのは、九太の励ましかないと思ったのだ。

ところが九太は、大きく息を吸うと、

「なにやってんだバカヤロウ！」

熊徹を見下ろし、あらん限りの勢いで怒鳴った。励ましとはまるで正反対の、叱りつけるような声だった。

「とっとと立てっ！」

だがその声に、熊徹は目を開いた。傷の痛みに耐え、起き上がろうともがいている。

「……おめえ、出てったくせに、よくノコノコ顔を出せるな……」

「あんたこそなんだそのマヌケな姿は⁉　みっともねえ！」

「……なんだと、このやろう……！」

二人を見比べて、私は青くなった。

「こんな時に、ののしり合いはやめろ！」

「勘弁してくれよ。どうしてあいつらはいつもこうなんだ？」

多々良は頭を抱えて呟《つぶや》いた。

が、九太は強く、揺るぎなく、熊徹に怒鳴り続けたのだ。

「しょぼくれてんじゃねえ！　一人でもさっさと勝てよ！」

「……へん。おめえなんかがしゃしゃり出なくても、負けねえんだ……よっ！」

その瞬間、ありえないことが起こった。

熊徹が弾《はじ》けるように起き上がったのだ。それこそ勢いがつきすぎて、体ごと宙に浮かぶぐらいに。

「うおおおおおおおっ！」

闘技場に雄叫《おたけ》びが響き渡る。熊徹、復活の咆哮《ほうこう》だった。

「……？」

西の門に戻りかけていた猪王山が、声に振り返った。

熊徹は、ズバンと音を立てて着地し、すかさず落ちている大太刀へ向かって全速力で走り出した。

気付いた猪王山はこれを阻止しようと走り出す。

大太刀めがけ野猿のごとく熊徹は爆走する。

「おおおおおおおおっっ！」

だが、大太刀へは猪王山が一足早かった。剣を構え、行かせまいと立ちはだかる。

ところが――。

「!?」

猪王山が見やるよりも早く、その脇を鮮やかにすりぬけた熊徹は、滑り込みながら大太刀を摑《つか》んだ。

完全復活の熊徹に、おおおっ、と会場から大きな歓声が沸き起こった。私と多々良は言い知れない虚脱感の中で呆然《ぼうぜん》とするしかなかった。あいつらは、私たちの想像をはるかに超えている。

貴賓席の賢者たちは口々に感心する。

「まだやる気とは」

「面白うなってきたわい」

宗師さまはニコニコと笑って応《こた》えた。

正面に大太刀を構えた熊徹は、ゆらりと下段に払いつつ猪王山に向かっていく。対する猪王山も中段から上段に剣を構え、熊徹に向かう。

ギンッ、と二つの太刀が、闘技場の真ん中で激しく打ち付けられた。

勝負は五分に。

東の門から、九太は懸命に声を張り上げた。

「そこ右！　スウェー！　カウンター！」

熊徹はまるで九太の指示に従うかのように猪王山の右中段をスウェーし、カウンターを仕掛ける。

「いける！　中段！」九太は叫び続ける。

両者一歩も引かず、壮絶な太刀の応酬が続く。熊徹の体中から湯気が立ちのぼるほどに、激しい打ち合いだった。

多々良と私は、熊徹の表情に啞然《あぜん》となっていた。

「……見ろよ。あいつの顔。笑ってやがる」

「九太と一緒に稽古《けいこ》している時の顔だ」

「まさか。試合中だってのに」

「九太が帰って、よっぽど嬉《うれ》しいんだ」

熊徹は笑みを湛《たた》えたまま太刀を繰り出す。

マントヒヒの賢者は感心して唸った。

「あやつの心は今、目の前の相手を超越した場所におる。まさに完全なる集中。無我の境地」

「熊徹ひとりなら勝ち目はない」

と宗師さまは言い切り、そして九太を見て付け加えた。「じゃが、ふたりなら分からぬぞ」

熊徹は間断なく太刀を繰り出し、徐々に形勢を逆転していった。

不安げな二郎丸は、両手を合わせて祈るように呟いた。

「父ちゃん、がんばれ……」

猪王山は、熊徹の集中の一打にひるみ、かろうじて鍔《つば》で受け止めたものの、なし崩し的に後退していく。今や猪王山は、誰が見ても苦境の中にいる。

「ああっ！　負けちゃう！」

二郎丸は思わず声に出してしまう。

そのとき、

「ぎゃっ！」

誰かに顔が潰《つぶ》れるほど殴られてひっくり返った。

「黙れ！」

突き飛ばしたのは、激昂《げっこう》した一郎彦だった。「熊徹なんかに父上が負けるわけがない！　熊徹なんかに！」

「……兄ちゃん……？」

兄の豹変《ひょうへん》に、二郎丸は呆然となった。

「九太……！」

一郎彦が、憎しみを募らせた目で睨《にら》みつける。

が、九太は気付きもしない。熊徹に向けてひたすら声をかけ続けるのみだ。

「あのやろう、人間のくせに……！」

一郎彦はさらなる憎しみを募らせた。

「うおおおおっ！」

猪王山は気合の咆哮をあげると、反撃に転じ、鍔元で熊徹を押し込んだ。

重なる鍔と鍔。ギギギと大太刀が軋《きし》む。

「うぐっ……！」

熊徹の顔が追い詰められて歪《ゆが》む。

「押し込まれんな！　競り負けんな！」九太は拳《こぶし》を固め懸命に叫び続ける。「バカ力出せっ！」

「ががが……！」

汗が次々と噴き出る。押されながらも持ちこたえ、

「オラァッ！」

渾身《こんしん》の力で鍔元を押し戻した。

熊徹、中段。

猪王山、上段。

二本の太刀が鋭く激突した。

ビイイイイイイン……！

鞘《さや》と鞘が激しく振動する。

パキッ、と猪王山の黒い鞘に小さな亀裂が入った。その亀裂が、みるみる鞘全体に広がってゆく。

一瞬の間ののち、猪王山の鞘は、刀身を残して一気に砕け散った。

「ここ！」

九太が鋭く叫ぶと、それに呼応するように熊徹は体を返し、手の大太刀を捨てた。

「何⁉」

猪王山はその意図がわからない。

熊徹は地面についた手を軸にし、猪王山の剣を持った手元へ、飛び込むように蹴《け》りを叩《たた》き込んだ。

剣は猪王山の手から離れて特別観覧席まで吹っ飛ぶと、宗師さまをギリギリでかすめて絢爛《けんらん》な椅子の背に突き刺さった。

ひゃー、と宗師さまは悲鳴をあげた。

熊徹は、ひるんだ猪王山の横っ面に、全力の拳を向けた。

猪王山も拳を放つが、わずかに遅い。

「うおおおおおおおおお！」

汗が、波しぶきのように弾け飛んだ。

熊徹の拳が、猪王山の顔面に叩き込まれた。

闘技場は、水を打ったように静まり返った。

まともにくらった猪王山は、数歩よろけたのち、持ちこたえようとするが叶《かな》わず、棒のように倒れた。

「……！」

審判長の声が響く。

「ひとつ！　ふたつ！」

絶句して動けなかった。

「みっつ！　よっつ！」

二郎丸や猪王山の弟子たちはもちろん。

「いつっ！　むっっ！」

多々良や、はなたれの弟子たちも。

「ななっ！　やっっ！」

この場で見守るすべての者が。

「ここのつ！　とお！」

そして――、審判長が十本の指を掲げた。

「勝負は決した。熊徹！」

宣言がなされた瞬間、闘技場が万雷の拍手に包まれた。祝福の紙吹雪が前が見えないほど大量に舞った。観客の誰もが満足げな笑顔だった。猪王山と熊徹、どちらの味方でも関係がなかった。ただ、いい戦いを見た、という満ち足りた顔だった。

全身傷だらけの熊徹は、振り返ると、ゆっくり九太に歩み寄った。九太は仕切りから客席に下りて、熊徹を迎えた。九太の前で、熊徹は立ち止まった。

九太は熊徹をじっと見つめ、静かに言った。

「ヒヤヒヤさせんな」

「心配しろなんて頼んでねえよ」

「よく勝てたもんだぜ」

「勝つに決まってんだろ」

「バカ言え。ヘロヘロだったくせに」

「うっせっ」

九太は腕を上げ、掌《てのひら》を向けた。

熊徹も腕を上げ、掌を向けた。

パアン、と二つの掌が重なり合った。

九太は愛《いと》おしい目で熊徹を見つめ、また熊徹も誇らしそうに九太を見た。その光景を私は信じられない思いで見た。出会った時からさんざんいがみ合ってきた熊徹と九太が、互いの信頼を確かめるように掌を合わせるまでになるとは。熊徹の口元からへへへと満足げな笑みがこぼれた。混じりっけのない、素直な笑顔だった。勝負に勝ったことでも宗師の座を得たことでもなく、言うなれば九太と心を合わせて共に戦うことができたという満足だったのだろう、と私は想像する。

「新しい宗師の誕生だ！」

客席から、惜しみない拍手が沸き起こった。

起き上がった猪王山は、熊徹たちを優しい目で見ていた。

「……良い息子だ」

そばにいた弟子は「は？」と聞き返した。猪王山は答えず、「行くぞ」とフィールド上に待つ他の弟子たちに声をかけた。

「フォッフォッフォッ」

宗師さまは、すべてに満足げだった。

そして振り返り、自分の椅子の背を見て、何かに気付いた。

「……さきほど突き刺さったはずの猪王山の剣が……ない？」

ハッとして宗師さまはフィールドに顔を向けた。

と――。

紙吹雪の中を何かが高速で移動している。

それは、猪王山の剣だった。

グサリ、と鈍い音が響いた。

「……え？」

九太は、何が起こっているかわからない。

その手から、熊徹の手が離れていく。

ヨロヨロと後ずさりする熊徹の足元に、生々しい赤が点々と染みを作る。熊徹は、それを呆然《ぼうぜん》と見下ろして、呻《うめ》いた。

「この、赤《あけ》えのはなんだ……？　え……？　九太、どうなってんだ？」

まるで助けを求めるように、九太を見た。

剣は、熊徹の胴体を、背後から貫いていた。

そのとき、静まり返る闘技場に、突拍子もない笑い声が響き渡った。

「アハハハハハハハハハハハハ！」

猪王山がハッとして関係者席を振り返る。

「!?」

そこに、左手を突き出した一郎彦の姿があった。

「父上！　私の念動力と父上の剣で勝負をつけました。あなたの勝ちです！　熊徹みたいな半端者に父上が負けるわけがありませんからね！」

と、猪王山に誇らしげな笑顔を向けた。

笑顔――。そうなのだ。今までずっと隠していたはずの一郎彦の口元が、布が緩んであらわになり、闘技場のすべてのバケモノたちの目の前に晒《さら》されたのだった。そこには猪王山や二郎丸のような猪の牙《きば》はなく、長い鼻もなかった。その顔はまさに、人間そのものであった。

「そうだろ九太……。そうだろォ！」

一郎彦が狂気の眼で睨《にら》みつけると、胸元に不気味な黒い闇が出現した。

「な、なんだありゃあ……!?」

多々良が愕然《がくぜん》として呻く。

「……穴？」

私は呟《つぶや》いた。そう、それは胸に空いた穴、としか言いようのないものだった。するとと熊徹の背に突き刺さった剣の柄《つか》に、握る手の形をした黒い闇が現れた。

「や、やめろ一郎彦！」

猪王山は慌てて一郎彦を押し止《とど》めようとする。既に何かを知っていて、何かを恐れているようだった。そんな猪王山に、一郎彦は微笑んだ。

「父上。今からとどめです。見てください」

左手を押し込む仕草をすると、まるで遠隔操作のように黒い手の形をした闇が、剣をさらに押し込んだ。

よろめいた熊徹は紙吹雪が散乱するフィールドに膝《ひざ》をつき、前のめりにうなだれた。

「…………！」

九太は、その光景をただ口を開けて見つめるしかなかった。

侮辱するように一郎彦が嗤《わら》う。

「あはははは！　見たか九太！　ざまあねえ！　いいか！　勝者は我が父、猪王山だ！」

「バカモノ！　そんなことが認められるか！」

猪王山は一郎彦を激しく叱責する。

九太は、あまりのことに我を失っていった。髪の毛が逆立ち揺れた。着ていたパーカーが不自然に風を孕《はら》んで膨らむと、その胸を引き裂くようにファスナーがずり下がった。あらわになったその胸には、黒い穴が渦巻いていた。一郎彦のそれと同じ黒い穴が――。

「いかん九太！」

宗師さまは鋭く叫んだ。

が、九太には届いていない様子だった。腰に差した剣が、ガタガタとひとりでに揺れ、目に見えない力で封印の紐《ひも》が引きちぎられた。鞘《さや》から引き抜かれた剣は、念動力のように空中に浮いたまま、刃先をフィールドの向こうの一郎彦に向けた。

「……⁉」

一郎彦はギョッとして九太を見る。

「よくも……！」

九太は怒りを露《あら》わにして低く唸《うな》った。

「よくも……‼」

剣の刃先は細かく震えながらも、一郎彦へと正確に狙いを定めた。

「九太！　闇を拒絶せよ！」

宗師さまは押し止めるように再度叫んだ。

「兄ちゃん！」

二郎丸が一郎彦の足にしがみつく。自分が盾になって剣から兄を守るように。

「やめてくれ九太！　ああっ！　最悪だ！」

猪王山は悲痛に頭を抱えるしかなかった。

九太は、憎しみの炎を滾《たぎ》らせ、震えながら雄叫《おたけ》びを上げた。

「おおおおおおおおおおおお！」

九太の剣が、弓が矢を放つように、一気にすっ飛ぶ。

凄《すさ》まじい速度で空間を切り裂き、一郎彦へと向かっていった。

そのとき、

「キュッ！」

パーカーの下から姿を現したチコが、強い意志で素早く九太の頭を駆け上ると、その鼻先に鋭く嚙《か》み付いた。

「うっ！」

九太は痛みに思わず右手で顔を覆う。

手首に巻かれた赤い紐が目に入った。

「……楓」

九太はハッと我に返った。

胸の穴が急速に収束する。

すると同時に、突き進んでいた九太の剣が一郎彦の面前で急激に静止した。力を失い、ただの物体としての剣に戻ってフィールドに落下した。

「九　太　……　オ　マ　エ　……　絶　対　ニ　……　許　サ　ナ　イ　……」

一郎彦は憎しみに震えていた。胸の闇が増殖し広がってゆく。

宗師さまは、愕然として呟いた。

「闇が……一郎彦を取り込んでおる……」

一郎彦は、全身が闇に覆われてしまった。

「……　絶　対　ニ　……　許　サ　ナ　イ　……」

くぐもった声を残し、一郎彦の姿は一瞬にしてその場から掻《か》き消えた。

目を固くつむっていた二郎丸が目を開くと、しがみついていたはずの兄の姿がない。

「……兄ちゃん？　どこだい？　兄ちゃん？」

驚いてキョロキョロ捜すが、どこにも見つけられなかった。

いつの間にか、夕暮れの光が闘技場に差し込んでいた。

「ハアッ……ハアッ……ハアッ……」

異常なほどの疲労が九太を襲っていた。汗にまみれ、立っているのもやっとだった。

が、それでも精一杯に薄眼を開けた。剣が突き立った熊徹の姿が見えた。うなだれたままぴくりとも動かない。

九太は朦朧《もうろう》とした意識の中で呟いた。

「オイ……何……寝てんだよ……。起き……ろ……。起き……」

そこまで言って気を失い、その場にどさりと倒れた……』

闇

暗闇の中に、声が聞こえる。

「……九太。……九太」

声はだんだん近づいてくる。

「九太……九太！」

不意に熊徹の姿が見えた。小屋の前庭で入道雲を背に、大太刀を肩に担いだいつもの姿だ。俺に向かって怒鳴り散らしている。

「遅い！　遅い遅い遅い！　何やってんだ九太！　稽古《けいこ》するぞオラッ！」

――うるせえなあ。怒鳴んな。

わかったよ。今起きるから、待ってろ――。

俺は、目を覚ました。

真っ白なシーツの上だった。ベッドの端にうつ伏せで寝ていたようだ。

そばにチコの姿が見えた。

「キュッ。……キュッキュッ」

こちらに呼びかけるように、跳ねている。

「……チコ」

半醒《はんせい》半睡のまま呼びかけた。

「キュッ。キュウー……」

チコは、何かを言いたげに鳴き続ける。

「……どうしたチコ？」

ここはどこなのだろう？　だだっ広くまぶしいドーム状の空間。地層を象《かたど》ったような木製の壁が見える。確か俺は、闘技場にいたはずだった。熊徹の試合を見て、熊徹が勝って、それで熊徹と手を合わせて……、それから……。

ようやく、記憶が蘇《よみがえ》ってきた。

ハッ、と飛び起きた。

その白いシーツの上に、熊徹が瀕死《ひんし》の状態で横たわっていた。

「……！」

俺の心臓が大きく波打った。頭がジーンとして何も考えられなかった。

点滴を繋《つな》がれ包帯だらけの熊徹は、ピクリとも動かない。しかしよく見ればわずかに唇が動いていて、かすかに息をしているのが見て取れる。枕元には、傷だらけの朱色の大太刀が置かれてある。

なんと哀れな変わり果てた姿になってしまったのだろう。俺の知っている熊徹はこんなではない。よく怒鳴りよく食いよく笑う無駄に元気な奴のはずだ。殺されたって死なない奴のはずだ。なのに、目の前の熊徹は、呼吸するだけでも精一杯のありさまだった。こんな熊徹は、想像したこともない。

涙が滲《にじ》んできてしまう。

くそっ。

溢《あふ》れそうになるのを、うなだれてじっと耐えた。

くそっ。

なんでこんなことに……。

下唇をきつく噛んだ。


「……すまん。一郎彦、すまん……」

ソファに座り力なくうなだれた猪王山が、やりきれないように呟《つぶや》いた。傍に、二郎丸と二郎丸の母さんが寄り添っている。

そこは宗師の庵《いおり》のリビングとでも呼ぶべき場所で、ドーム状の空間に、プラネタリウムのスクリーンほどもある円形の大きな天窓が開いている。そこから見える薄暮の空に、星が瞬きはじめている。

柔らかな行灯《あんどん》の明かりに照らされて、宗師さまは言った。

「一郎彦のあの力は、バケモノの念動力などでは決してない。明らかに人間の胸にのみ宿る闇が生み出した力じゃ」

「宗師さま。以前から気付いておられたのですか……」

「猪王山、訳を話してみよ」


「――まだ私が若い頃、人間の街をひとりさまよい歩いていた時のことです。不意に赤ん坊の泣く声が、私の耳に飛び込んできました。その日の午後は雨で、声はすぐに雨だれや飛沫《ひまつ》の音にかき消されてしまいました。しかしマントの頭巾《ずきん》を広げ、注意深く耳を澄ましていると、確かに聞こえるのです。か細く、今にも消え入りそうな赤ん坊の声が。ところが往来を見渡すと、人間たちの耳には、この声はまるで届いていない様子でした。声に応《こた》えられるのは私しかいないかもしれない、すぐにそう思い、行き交う傘をかき分け、懸命に耳をそばだてながら、あちこちを探し歩きました。そして私はついに声のする場所を探り当てたのです。人目につかない雑居ビルの奥まったところ、その僅《わず》かな隙間に、赤い傘が開いて立てかけてありました。傘をよけるとその下には、8ヶ月くらいの乳児が、籠《かご》の中に布に包まれて置かれてあったのです。

私は乳児をそっと抱き上げました。籠の中には赤ん坊のおもちゃや水筒などとともに、手紙が添えられていました。それを見て、本当の親には、よっぽどの事情があったのだろう、と直感しました。おさな子の声を聞きとる者のいない人間の世界では、この子はおそらく生き延びていけないだろう。ならば……。私はその場で渋天街に連れて帰る決意をしました。つまり、皆に隠して密《ひそ》かに育てると決めたのです。もちろん人間が胸に闇を宿すことは知っていましたが、自分がしっかり育てれば、いっぱいの愛情を注げば大丈夫だろう、と考えました。

それが、今にして思えば慢心でした。自分の驕《おご》りでした。

一郎彦は、成長するごとに、繰り返し私に聞きました。

『父上。どうして私の鼻は父上のように長く伸びないのでしょうか？』

『案ずるな。いつかそのうち伸びてくる』

『どうして私には父上や二郎丸のような牙《きば》が生えないのでしょうか？』

『心配するな。いつかそのうち』

『父上、私は一体……』

『一郎彦。お前は私の子だ。他の誰でもない私、猪王山の息子だよ』

私は、そう答えるのが、精一杯でした……」

「バケモノの子だと信じさせようとすればするほど、一郎彦は自分自身を信用できずに、闇を深くしてしまったのじゃ」

宗師さまはため息をついた。「バケモノの世界の空気が、人間の胸の穴をあれほど露《あら》わにするとは……」

扉の外から中の様子を窺《うかが》っていた俺は、自分の胸に手を当てた。

すると、二郎丸の静かな声が聞こえた。

「闇ってなんだい？　おいら馬鹿だからわかんねえよ。兄ちゃんが何者だって知らねえよ。おいらにとっちゃ、兄ちゃんは兄ちゃんだ」

そう言って二郎丸は、自分の父と母を大きな包容力を感じさせる瞳《ひとみ》で見た。二郎丸の母さんは涙ぐんでいた。猪王山は、懇願するように顔を上げた。

「宗師さま。私たちはもう一郎彦と一緒に住むことは叶《かな》わないのでしょうか？……もう一度、やり直すことはできないのでしょうか……」

そのただひとつの願いは、ひとりごとのように消え入りそうだった。

俺は、胸が締め付けられる思いで聞いた。

宗師さまは険しい表情を向ける。

「一郎彦は、今もどこかを彷徨《さまよ》っておる。あの闇を一郎彦から追い出さぬ限り、何事もあり得ぬじゃろう」

――一郎彦を何とか出来るのは、俺しかいない。

自分の中で、密かに覚悟を決めた。

＊

『……それから九太は、出立の準備をしたんだ。

太刀の状態を素早く確かめ、太刀袋に入れて背に担ぐと、宗師の庵を密かに出て、出口に続く庭園の階段を下りていた。

おれはその背に向かって、

「九太よォ」

と声をかけた。九太は立ち止まり、ゆっくりと振り返った。

「熊徹のこと、放っておく気かよォ……」

おれは情けねえ声を出した。熊徹があんなことになっているってのに、どこいっちまうんだ？　九太には奴のそばにいてやって欲しかったんだよ。

だが九太は何も言わず、じっとこっちを見上げるもんだから、おれはなんて言っていいかわからなくなっちまった。

すると突然、横の百秋坊が九太を大声で怒鳴りつけたんだ。

「馬鹿者！　敵討ちのつもりか！　そんなことをして何になる⁉」

おれはすっかり驚いちまって、横で腕組みする百秋坊を見た。こんな百秋坊の姿は、いくら長《なげ》え付き合いのおれでも初めて見たぜ。いっつも穏やかで、何があっても九太の味方をしてやっていた奴がだ、この時ばかりは眉毛《まゆげ》を吊《つ》り上げ、今まで聞いたことのない野太い声で、九太を叱り付けるように言ったんだ。

「もう我慢ならん。私がいつまでも甘い顔をしていると思ったら大間違いだ！　熊徹のあの姿を見て何も学ばぬか、この愚か者め！」

百秋坊の変貌《へんぼう》ぶりに、さぞや面食らって動揺しているだろう、とおれは九太を見た。

そしたら九太の野郎、まるで揺るぎない眼で、じっと百秋坊を見つめてやがるんだ。

迷いも何もありゃしねえ。腹を決めちまった男の眼よ。

「九太……！」

百秋坊はハッとして腕組みを解いた。あんな眼で見つめられちまったら、覚悟をそのまんま受け取るしかねえ。百秋坊はすっかり普段のように戻って、ただ心配げに訊《き》いた。

「……それでも、行くというのか？」

うん、と九太は、まるでガキの時みたいにこくりと頷《うなず》いてみせた。

「ありがとう、叱ってくれて。おかげで背筋がしゃんと伸びた」自分の考えていることをなるべく丁寧に説明しようとしてるみてえだった。「ただね、敵討ちとは違うんだ。俺と一郎彦は同じで、俺は間違えたら一郎彦みたいになっていたかもしれない。そうならずに済んだのは、俺を育ててくれたいろんな人たちのおかげだよ。多々さんや、百さんや、みんなの……」

それを聞いて、おれはハッとした。

「九太……おめえ……」

それから九太は、自分の胸に手を当てた。

「だからって他人事《ひとごと》にはできないんす。一郎彦の問題は、俺の問題でもあるから。だから……、俺は行きます。──あいつのこと、よろしく頼んます」

そこまで言われちゃしょうがねえ。なのに、あいつときたらその上、深々と頭まで下げやがったんだ。おれは九太の野郎が無性に愛《いと》おしくてたまらなかった。石段を駆け下りると、九太の首をひっつかんで抱き締めた。

「わかった、おめえの覚悟はよくわかったよ。熊徹のこたぁ任せとけ。しっかり見といてやるよ。だから行ってこい！　行ってこい！」

九太の背中を何度もバンバン叩《たた》きながら、おれは涙が止まらなかったんだ。

まったくおれとしたことが、柄にもねえことよ。でもよ、九太の野郎、いつのまに逞《たくま》しくなりやがって、なんて思ったら、急にポロポロ泣けてきやがってなあ……』

『……九太を見送ったあと、私と多々良は、宗師の庵《いおり》の医務室に向かった。九太に言いつけられた通り、熊徹のそばにいてやるためだ。熊徹は包帯だらけで、寝かされているままだった。私たちは二人して壁にもたれて、熊徹の横顔をぼんやりと見ていた。

いや、熊徹を見ているようで見てはいない。

私たちの目には、まだ幼い日の九太の姿が映っていたのだ。

「自分を育ててくれた、たくさんの人たち、か……」

私は、先ほどの九太の言葉を、口に出して繰り返した。

私の横で多々良が、しみじみと瞬《まばた》きをした。

「そん中に、まさかおれたちも入ってるなんてな」

「九太が小さな頃から、ずっと一緒にいたからな」

「ああ。最初は生意気でイヤなガキでさ」

「雨の日も風の日も、懲りもせず毎日通って——」

「面倒みてやってるのに、ありがてえなんて顔ひとつしねえで」

「それが気付いてみたら、いつのまにやら、あんなに大きくなって」

「いっぱしの口をききやがるんだから」

「……誇らしいのう」

「誇らしいぜ……」

と、そのときだ。

「……うう……」

低く呻《うめ》く声に、私たちは我に返った。

「……熊徹！」

熊徹が、意識を取り戻したのだった……』

＊

俺は、渋天街の複雑に入り組んだ路地を抜け、夜の渋谷に出た。

ＱＦＲＯＮＴの巨大スクリーンが、ひどい湿気に揺らめいている。けたたましい音楽があちこちから重なり合い反響する。スクランブル交差点を埋め尽くすたくさんの人々の靴音が地面を揺らしている。

センター街の通りのあちこちで、笹竹に色とりどりの短冊や吹き流しをつけた七夕飾りが風に揺られている。夏休みに入ったばかりの週末で、連れ立って歩く大勢の若い人たちを見た。誰もが、幸せそうな、のんきそうな、無責任そうな顔に見えた。かって憧《あこが》れた「普通」の姿がここにある、と思った。この場所でひとり、俺だけが「普通」じゃない理由でここに立っている。

公衆電話から楓の携帯番号に電話した。

呼び出し音を一回鳴らしてすぐに切る。これで着信履歴に「公衆電話」と表示される。楓に公衆電話で連絡するのはほとんど俺だけだ。駅近くのあらかじめ決めておいた場所で待つ。午後の明るいうちなら、楓は来てくれるかもしれない。用事があって遅れるかもしれないし、あるいは来られないこともあるかもしれない。いずれにしても構わない。本を読みながら待つ——。俺たちはいつもこんな風にして待ち合わせていた。

だが今日は、今までとは違う。夜になってから連絡を取ったのは初めてだった。

しばらくして、楓は、待ち合わせ場所にやってきた。両親の目を盗んで、家を抜け出して来たと言った。白地に紺ボーダーのワンピースにスニーカーという格好だった。小脇にショルダーバッグを挟み、息を切らしつつ、不安そうな瞳《ひとみ》を向けた。

俺は『白鯨』を差し出した。

「これ、預かっててほしい」

「……なんで？　どうして？」

楓には伝えていることと伝えていないことがあり、正確に伝えるのは大変に難しいことがある。でも今、俺はなるべく正直に言おうと思った。

「決着を付けなきゃならない相手がいるんだ。勝てるかわからない。負けたら何もかも終わるかもしれない。だから」

「そんな……」

「楓と会えてよかった。楓がいて、知らないことといっぱい知ることができた。世界って広いんだなってほんとに思えたんだ」

「なに言ってるの？　これからなのに……」

「一緒に勉強できて、俺、嬉《うれ》しかったんだよ。だから、ありがとうって言いたくて」

「待って……嫌だよ私。そんなの嫌だよ！」

楓は大声を出し、納得いかないように首を振った。

そのときだった。

「見　ツ　ケ　タ」

ぞっとするような不気味な気配に、俺はハッとして見た。チコがキュッ、と警戒の声で鳴く。

「許　サ　ナ　イ」

一郎彦だった。遠くセンター街の人ごみ越しに、こちらを狂気の目で鋭く睨《にら》んでいる。俺は反射的に楓を守るように身構えた。なんてことだ。俺を追ってここまで来たというのか。

「ニ　ン　ゲ　ン　ノ　ク　セ　ニ」

一郎彦の胸には黒い闇が底なし沼のように渦巻いている。体全体が青白く発光しているのは強大な憎しみの力の証《あかし》か。

ところが往来の人々は、発光する一郎彦をちらりと見るだけで何事もないように通り過ぎてゆく。何かの見世物だとでも思っているのだろうか。全く危機を察知していない。

一郎彦が、こちらを見据えたまま、ゆっくり歩み出すのが見える。

「くっ……こんなところで……！」

「あれが……相手……？」

状況を察した楓が、訊《き》く。

俺は耳打ちした。「危険だ。逃げて。俺と反対方向に」

しかし楓は、俺の手を握ってきた。冷たく硬直した手は恐怖に震えていた。

「なにしてる！」

俺は手を振りほどき、他方に押しやろうとした。「行け、早く！」

なのに楓は激しく頭を振り、離れまいとする。震えつつもなお強く俺の手を握ってくる。

「離さないから……！」

「う……！」

どうすればいいかわからなかった。その間にも、

「キュッ！」

チコが更に強く鳴いて危険を知らせる。

一郎彦が、こちらを見据え向かってくるのが見えた。

「……くそっ！」

俺は仕方なく楓の手を引き、人ごみをかき分けてセンター街を駅方向に走り出した。

一郎彦は徐々に速度を上げ、俺たちをめがけて一直線に追ってくる。

「全力で走って！」

楓を引っ張りながら声をかけた。

後方のドンッドンッ、という激しい衝突音に、俺は振り返った。

「!?」

一郎彦は猛烈な勢いで暴走する列車のようで、進路にたまたま居合わせた人々を、路傍の石ころのように容赦なく撥《は》ね飛ばしてゆく。突拍子も無い悲鳴が次々と上がる。

周囲の人々は、あまりのことに皆呆然《ぼうぜん》と見ている。

「……くっ！」

逃げねばならない。しかしこれ以上見過ごせない。決断せざるを得ない。

「楓！　離れてて！」

咄嗟《とっさ》に楓の手を離し、来た道へ踵《きびす》を返した。

「きゃっ！」

その勢いで楓は地面に転んでしまう。が、今は構ってる場合じゃない。太刀袋に入った鞘《さや》のままの太刀を構えて一郎彦に立ち向かった。

「うおおおおお！」

対して一郎彦は躊躇《ちゅうちょ》なく腰の剣を抜く。鋭い刃がギラリと光る。

「オ　オ　オ　オ！」

ガツンッ、と剣同士が激しくぶつかり合った。

一郎彦の上段を、俺はギリギリでなんとか受け止めた。太刀袋の中の鞘に一郎彦の刀の刃が深く食い込んだのがわかる。

右手にＬｏＦｔの看板が見える四つ辻《つじ》で俺たちが切り結ぶのを、往来の人々が訝《いぶか》しげに見物している。

「え？　なになに？」「これ、テレビの撮影か何か？」……。

彼らに、早く逃げろ、と言う余裕もなかった。一郎彦は尋常じゃない力で押してくる。持ち堪《こた》えるのに精一杯だった。刀同士がギシギシと音を立てて軋《きし》む。

「く……！」

俺はパワー負けして後ずさるしかなかった。たまらず太刀を引くが、すかさず一郎彦が横一文字に剣を振る。反射的に身を低くして辛うじて避《よ》けた。が、折り返しの二太刀が、後ろに跳ねた俺の顔を掠《かす》めた。左の頬を切られたのがわかった。傷は3センチほどか。ほんの少し掠っただけで、皮膚が紙のように切れてしまった。血はまだ出ていない。

「オ　オ　オ　オ　オ！」

一郎彦は吠《ほ》えつつ上段から剣を振り下ろす。俺は太刀を横にしてギリギリで受け止める。左頬の傷から血が滲《にじ》む。その太刀を鞘ごとへし折らんばかりに力押しする一郎彦の目が、狂ったように見開く。

その時俺は、生まれて初めて寸前に死の恐怖を感じた。これはルールに守られた試合じゃない。相手は一郎彦であって一郎彦ではない。狂気をもって俺を殺そうとしているのだ。俺は目を見開いた。もう余裕などない。片時の隙もなく全力であたらなければ、やられてしまう。

「……おおおお！」

俺は無我夢中で一郎彦を押し返した。一郎彦は後ろによろけ、その勢いで刀がセンター街のタイル上に落ち、カランカランと乾いた音を立てた。俺は間髪容《い》れずに太刀袋の剣を振り上げると、一郎彦めがけて渾身《こんしん》の力で振り下ろした。

「おおおおおおお！」

ガコン、と鈍い音が響いた。肩を袈裟《けさ》掛けに狙ったが、一瞬早く左小手に防がれてしまった。とはいえ直撃は直撃だ。骨を砕くほどの打撃のはずだ。

が、

「⁉」

俺は目を疑った。一郎彦の左腕が、なぜか象の足のように太く変化していて、太刀を防いでいる。

「九　太　……！」

一郎彦は伏せた顔を上げた。同時に猪の顔をあしらった帽子がずり下がり、一郎彦の顔上半分を隠した。ボタンの目と鼻と牙《きば》が縫い付けられた無機質な猪の顔が俺を睨む。そのあまりの不気味さに俺は一瞬ひるんだ。胸の穴がブウウン……と音を立てて広がった。

次の瞬間、一郎彦の持ち上げた右手が背丈ほどの拳《こぶし》に巨大化すると、凄《すさ》まじい力で俺を殴りつけた。何が起こったかわからないままとっさにガードした俺は、何十メートルも吹っ飛ばされた。そのままビルの壁面に叩《たた》きつけられてしまったら、そこで終わりだったかもしれない。だが幸運にもその直前、アーチ状に結んだセンター街の七夕飾りに体ごと突っ込み、組み合わされた笹竹が大きくしなって衝撃が吸収された。俺はその場で反回転し落下すると、直下のカメラショップの日よけにバウンドしたのち、地面のタイルに叩きつけられた。

「うっ！」

あまりの激痛に息ができないほどだった。うずくまって呻《うめ》く俺に、楓が駆け寄る。

「蓮くん！」

周囲から鋭い悲鳴が上がった。ここへ来てようやく往来にいた見物の人々は、一郎彦の存在に危険を察知したのだろう、慌てふためき四方八方へと逃げ出した。

その喧騒《けんそう》の中に一郎彦は佇《たたず》み、帽子をずり下げたまま、顔の下半分だけでニタニタと笑っていた。縫い付けられたボタンの目が、冷たく光った。胸の穴が大きくなると同時に、全身を覆う光がいよいよ強くなった。

「ああああ……」

楓の、愕然《がくぜん》とした吐息が聞こえた。

一郎彦はどんなことをしても、俺を追ってくるだろう。どれだけ想像のつかない姿に身を変えても、俺を追うのを諦《あきら》めないだろう。

俺は楓に支えられて立ち上がると、足を引きずりながら路地へと逃げた。

「くそっ。ここじゃダメだ。どこか場所は……」

でも渋谷のど真ん中で、人を巻き添えにしないところなんてどこにある？

――一郎彦は、路上に置き去りにされた分厚い本を拾い上げた。それは、楓が転んだときに落としてしまった『白鯨』だった。

「……ク　ジ　ラ　……　？」

そう呟《つぶや》くと、自らの姿を変化させた――。

センター街から大通りに出ると、俺は誰彼構わずに叫んだ。

「危険だ！　そっちに行っちゃだめだ！　早く逃げろ！」

と、すれ違う人一人一人にわめいた。だが誰も聞く者などいない。夜8時を過ぎたばかりの渋谷は、まだまだ人と車で溢《あふ》れていた。

そこへ――。

道玄坂下の横断歩道を渡る人々の足元に、不気味な影が這《は》いずってきた。そればかりではない。渋滞の列の路線バスやタクシーのタイヤの下にも、不気味に滑り込んでくる。

「ん？」「なにこれ？」「何の影？」……。

人々は立ち止まり、足元に目を凝らした。しかしなにもわからなかった。何によって投影された影なのかはおろか、どの程度の大きさであるかも把握できなかった。次に、長く尾をひく動物の鳴き声のような奇妙な音が、街中に鳴り渡った。人々は辺りを見回して、この奇妙な音の原因を探した。どうやらこの音は、足の下の影が発しているように思われた。さらに目を凝らすと、影はひとつの方向へゆっくりと移動しているらしきことがわかった。

片側3車線の道路いっぱいに広がるほど巨大な影は、ゆったりとした動きでスクランブル交差点に侵入すると、はっきりとした意思を持って停止した。周囲のビルの階上から見下ろす人々だけが、その全貌《ぜんぼう》を目にできた。その影の形はまるで──。

「クジラ……」

のようであった。

皆、夢でも見るかのように、渋谷の街を泳ぐ巨大な影を眺めていた。

「!?」

JRの高架下で俺と楓は、スクランブル交差点を振り返った。巨大な影がこちらを発見したことを感じ取った。危機が迫っている。俺は高架下にいるトレーラーや乗用車のドライバーに向かって、精一杯の大声で叫んだ。

「車から降りて逃げろ！　いいから！」

と突然、スクランブル交差点の地面が大きく波打ち、影が隆起した。まるで水面から鯨が背を現すように。

次の瞬間、停車していた大型トレーラーが後ろから大きな力で押されたように前進し、前方に停車する車列に突っ込んだ。周囲は騒然となった。ドライバーたちは慌てて車を捨てると辛うじて脱出した。トレーラーは無人の自動車を次々と巻き込んで、俺と楓の方に迫って来た。

「走れ！」

俺たちはドライバーの後に続いて高架下を駆けた。

と、楓が不意に足を取られて転倒した。「あっ！」

そのとき、他の車の上に乗り上げたトレーラーがJR高架側面に正面衝突し、ドオオオン、という大きな音を立てた。

「きゃあああ！」

「楓！」

俺は慌てて戻った。瓦礫《がれき》が大量に降り注ぐ中、楓を助け起こすと、全力で退避した。

高架の鉄骨は軋《きし》み、ひしゃげ、ギギギギ……と、怪物の叫び声のような耳をつんざく奇怪な音を立てた。

俺と楓は宮益坂《みやますざか》下交差点にたどり着いたところで振り返った。たくさんの車体が高架下で白煙を吹き出し、折り重なって潰《つぶ》れていた。が、突然、ドオオンンという大きな爆発音とともに、高架が巨大な炎に包まれた。

「……！」

爆発は漏れたガソリンに引火したためだった。あと少し引火が早ければ、自分たちはあの炎の中に巻き込まれていたかもしれない。いや、自分たちだけじゃない、関係のない他の人にも危害が及んだかもしれない。

「……どうやってあいつを倒す……？」

燃え盛る炎に照らされて俺は愕然とした。今の一郎彦は、とても剣でかなう相手じゃない。ならば、俺に何ができる――？　自信を喪失し、諦めかけていた。

だが楓は何かを思いつくと、強い表情で、

「蓮くん、こっち！」

と俺の手を力強く引っ張った。

「どこ行くんだ⁉」

「いいから！」

楓は俺を連れて交差点の横断歩道を渡ると、地下に続く渋谷駅12番出口の階段を素早く駆け下りた。鯨の影――一郎彦は、地下に潜った俺たちに気づかず、見失って青山《あおやま》通り付近をさまようしかなかった。咄嗟《とっさ》の楓の機転が功を奏したのだった。

ＪＲ高架の爆発事故で、渋谷駅は大混乱に陥っていた。

渋谷駅12番出口の階段を駆け下りた楓と俺は、山手線《やまのて》・埼京線《さいきよう》・りんかい線改札の電光掲示板に「火災のため全線で運転を見合わせています」と表示されるのを見た。間をおかずに銀座線《ぎんざ》、そして半蔵門線《はんぞうもん》・田園都市線《でんえんとし》の電光掲示板にも次々と「運転見合わせ中」と表示された。乗車できない大量の人々が溢れて駅全体がごった返すのは時間の問題だった。

楓は、迷路のような駅構内の階段を、俺の手を引いて素早く駆け下りた。駅のもっとも地下深い場所にある路線なら、地上の混乱をまだ受けずにいるのではないか？

楓の予想は的中した。

副都心線《ふくとしん》だけは幸運なことにその瞬間、まだ辛うじて運行中だった。

渋谷駅20時40分発新宿三丁目駅《しんじゆくさんちようめ》止まりの副都心線車内はがら空きだった。

トンネルの暗闇のせいで、車両のガラスに自分自身の姿がおぼろげに映り込んでいるのが見える。

——あいつに対抗するにはどうすればいい？

座席で揺られながら、俺は、ガラスに映る自分に自問自答した。

——自分の武器は剣しかない。だがあいつはもはや剣の通じる相手じゃない。ならば別の使い方をするしかない。俺の空っぽの胸を開けて、あいつの闇全部を閉じ込めたら、自分に剣を突き立てて、道連れにこの世から消えてしまうか――。

ガラスの中の自分に訊《き》いた。

――もう、俺にできることはそれしかないのか。

ガラスの中の自分は何も答えなかった。

そのとき、

「私ね、さっきからずっと考えてたんだけど――」

隣で楓が、思い出すみたいに呟いた。「なんで蓮くんの手を握って、一緒に走ってるんだろうって。怖くて堪《たま》らないのに、なのに、なんでだろうって」

「――？」

「私、思い出したんだ。最初に蓮くんと逢《あ》って一緒に勉強を始めたとき、すごく嬉《うれ》しかったってこと。だって、こんなに楽しそうに勉強する人、ほかにいないんだもの。一緒にいると、私もがんばろうって、勇気が出たんだよ」

「――」

「だから、今だって同じなんだ。蓮くんが戦っているなら、私もいる」

楓は、確信の眼差《まなざ》しで言った。「忘れないで。私たち、いつだって、たったひとりで戦っているわけじゃないいんだよ」

「……楓」

駅に電車が滑り込み、窓の外がまぶしくなった。ガラスに映り込んでいた自分の姿は光の中に掻《か》き消えた。

――たったひとりで戦っているわけじゃない――。

頭の中でその言葉を反芻《はんすう》した。

車内のモニター表示が『明治神宮前《めいじじんぐうまえ》（原宿《はらじゅく》）』到着を示した。運転士のアナウンスが聞こえる。

「お客様にお知らせします。渋谷駅で起きました火災の影響で、副都心線は運転を見合わせます。そのためこの列車は当駅止まりとなります。繰り返します……」

結局俺たちは、渋谷区を出ることはできなかった。

胸の剣

『……ちょうど同じ頃、渋天街は騒然となっていた。

広場横の陸橋が突如なんの前触れもなく爆発したように崩落し、白煙が上がった。続いて東の丘の大通り沿いを中心に、街のいたるところで地面が震動するような衝撃が感じられた。いわゆる地震一般とは揺れ方が明らかに違っていて、何か目に見えない巨大なものが暴れのたうちまわっているような衝撃だった。この原因不明の現象にバケモノたちは何事かと驚き、普段の宵の頃なら騒がしく活気付くはずの広場や夜市の露店の店先では、言い知れない恐れと混乱の空気が立ち込めていた。

宗師の庵《いおり》には、訳を尋ねたいバケモノたちが次々と集まっていた。

彼らのために宗師さまは、円形ホールを開放した。

普段のホールは、宗師さまを中心に元老院の議員たちが様々なことを議論し取り決める場所である。円形の空間の壁面には磨き抜かれた鏡板が、ダウンライトに照らされて整然と並ぶ。天井いっぱいにひしめく照明の数々や、四方に老松が描かれているのは、ここが元々劇場として使用されていた頃の名残である。通常は一般の立ち入りを禁止している。

だが今は非常事態だった。ホールは不安顔のバケモノたちで溢《あふ》れていた。

ドオオンン、と地響きが床を揺らした。

肩から布を掛けた議員たちは、次々とまくし立てた。

「なんだこの振動は？」

「一郎彦が九太を狙って、人間の街で暴れているのだ」

「我らの世界と人間の世界は互いに響き合っているとはいえ、これほどまでに影響があるとは……」

議員たちは不安げに詰め寄った。

「宗師さま、渋天街はどうなってしまうのでしょうか？」

「うむ……」

宗師さまは目を閉じ、答えなかった。

議員同士が顔を合わせて言い合う。

「人間同士の争いに、なぜ我らが巻き込まれなければならないのか」

「そもそも我らの世界に人間を引き入れたのが間違いなのだ」

と、ホールの隅でバケモノたちがざわついた。何事かと議員たちは訝《いぶか》しむ。宗師さまも顔を上げて見る。バケモノたちが道を開けるとその奥に——。

「……？」

大太刀を杖代《つえ》わりにして体を支えた熊徹が、おぼつかない足取りでヨレヨレとやってきた。

「ハアッ……ハアッ……ハアッ……」

熊徹は立ち止まり、脂汗でいっぱいの顔を上げた。身体中包帯だらけの無残な姿に、周囲のバケモノたちは息を呑《の》んだ。

遅れてホールにやってきた多々良と私は、追いつくと慌てて熊徹を押し止《とど》めた。

「熊徹！　無茶すんな死ぬぞ！」

「まともに動ける状態じゃないだろ！」

「うるせえっ！」

熊徹は、私たちを力任せに振り払うと、前に歩み出ようとする。「宗師……。事情は聞いたぜ。オレがなんとかする……。オレが……」

「熊徹……」

「おめえに何ができるってんだよ!?」

多々良が悲鳴みたいに叫ぶ。だが言ったところで聞く相手ではない。いつだってそうだ。私たちはただその背中を見守るしかなかった。

熊徹は大太刀を支えに、じわりじわりと前に進んだ。

「宗師、あんたしかいねえ……。なんとかできるのは、あんただ……。だがその方法を腹にしまっていて出さねえ」

「方法だと？」

議員たちは首をひねる。この場に居合わせたバケモノたちも互いに顔を見合わせる。

「どうしろというのだ？」

「――」

宗師さまは何も言わず、目を閉じたままだった。

傷の痛みに耐え、待ったなしの熊徹は、絶え絶えの息で、立っているのもやっとという有様だった。しかしその目だけは、まるで新しい戦いを挑むようにギラリと輝いていた。

「九太は一人前のつもりでいるが、誰かの助けが必要なんだ……。オレは半端者のバカヤロウだが、それでもあいつの役に立ってやるんだ。あいつの胸ん中の足りねえものをオレが埋めてやるんだ……。それが……、それが半端者のオレにできるたったひとつのことなんだよ！」

ドオオオンン、と地響きが再びホールを揺らした。

黙していた宗師さまは、ため息をついた。

「……ふうっ。おまえがそんなことを言うようになるとは」

それから一同をゆっくりと見回して言った。「こやつはな、わしの転生する権利をよこせと言うとる」

議員たちはぎょっとして熊徹を見た。

「神様に転生するだと⁉」

「バカな！　そんなこと普通のバケモノにゃできん！」

「それこそ宗師さまにでもならなきゃ無理……」

「あ……⁉」

その場のバケモノ全員が一斉に何かに気づく。

「……今は」

「熊徹が宗師だ……」

バケモノたちは、合点するように熊徹を見た。

荒い息の熊徹の元へ、宗師さまは歩み寄った。

「よく聞け熊徹。神に転生すると一度決めたら後戻りはできん。それでもよいか？」

熊徹はゆっくりと顔を上げて宗師さまを見据えた。

宗師さまはその瞳《ひとみ》から、覚悟を受け取った。

「……おまえというやつは。迷いなど微塵《みじん》もない目をしおって……」』

＊

楓と俺は地下鉄を降り、地上に出た。

表参道《おもてさんどう》は大渋滞だった。渋谷駅の事故がここまで影響を及ぼしている。人の波をかき分けて原宿駅方向に坂道を登った。この近くで比較的ひと気のない場所といえば、代々木《よよぎ》公園か、でなければ代々木体育館しかない、と楓は言った。特に代々木体育館は石畳の陸橋が代々木から渋谷駅方向への抜け道として利用されているが、閉門時間を過ぎれば人通りも途絶えるのではないかということだった。そこならばうまく姿を隠せるかもしれないし、万が一見つかってしまっても他の人を巻き込まずに済みそうだ。

俺たちは閉門時間の9時になる前に代々木体育館の敷地内に入った。その日はイベントもなく、ライトアップもされていなかった。俺たちは第一体育館の脇の石畳の陸橋を走り、南東の石垣までやってくると、立ち止まって一休みした。

俺は第一体育館の特異なシルエットを改めて見上げた。二本の支柱が暗闇に高く聳《そび》えている。支柱から吊《つ》り橋状に延びるワイヤーも巨大だ。周囲の建築と比べても特別な存在感があると感じる。１９６４年の東京《とうきょう》オリンピックで、確か水泳競技会場として建設されたと聞く。渋天街ならここは闘技場にあたる。つい何時間か前に、熊徹と猪王山が戦った場所だ……。

そんな取り留めもないことを考えていると――。

「蓮くん！」

楓が鋭く叫ぶ。

俺たちが走ってきた歩道のずっと遠くに、一郎彦の姿が浮かび上がるように現れた。ハッとして俺は身構えた。いつの間にか見つかって、後をつけられていたのか。

ところが瞬《まばた》きする間に、ヒュンという音を残して、一郎彦の姿は、夜の闇に掻《か》き消えた。

「……消えた？」

楓をかばいつつ、俺は左右を警戒した。

だが変化は足の下に現れた。歩道の石畳が、まるで水中を覗《のぞ》き見たときのように乱反射してゆらゆら光っている。と同時に、ゴゴゴ……と地面が小刻みに振動している。地響きは大きさを増してゆくようだ。何か巨大なものがこちらに近づいてくるように感じられる。これは一体――？

次の瞬間、ドオオオンン、と爆発したような破裂音とともに、その巨大なものが空中に「跳躍」した。

姿を現したそれは、視界全てを覆うほどの驚くべき大きさを誇る、マッコウクジラだった。

「あああ……⁉」

俺と楓は、愕然《がくぜん》として上空を仰ぎ見た。大量の光る粒を身に纏《まと》って青白く発光する鯨は、確かにあの『白鯨』に登場するモビィ・ディックと同じだった。ただし下顎《したあご》から張り出した大きな牙《きば》が、猪のようにそそり立っている。

「一郎彦……！」

発光する鯨は巨体を翻すと、こちらへ覆いかぶさるように迫ってきた。俺は楓の手を引いて走った。直後、光る鯨が石畳に「着水」し、凄《すさ》まじい振動とともに大量の光る粒が水飛沫《みずしぶき》のように舞い上がった。

「きゃあああ！」

楓がたまらず悲鳴をあげた。陸橋の東の端から第二体育館の方向へ、俺たちは懸命に逃げ走った。が、その行く手を塞《ふさ》ぐように、光る鯨は歩道の下から再び跳躍した。

「⁉」

陸橋に大量の粒子がなだれ込む。鯨はそのまま地上に背を向け、ゆっくりと上空を漂った。第一体育館の支柱よりも高い場所から、些々《ささ》たる俺たちを睥睨《へいげい》した。どこにも逃げ場所などない、と言わんばかりに。

渋谷の空を漂う巨大な鯨――。その異常な光景は、こちらの正気を失わせるのに十分だった。これほどの圧倒的な相手に、ちっぽけな剣しか持たない俺は何ができるというのか？　俺は上空を見上げたまま楓に言った。

「逃げろ楓。奴は俺を狙ってる」

「……！」

ところが楓は、逃げるどころか、反対に前に進み出た。

「……楓!?」

空中を漂う鯨の直下に、楓は挑むように向かった。

「あなたは何がしたいの？　憎い相手をズタズタに引き裂きたい？　踏みにじって、力で押さえつけて、満足する？」

楓は、しっかりとした揺るぎない眼差《まなざ》しで鯨を見据える。その眼差しが、光る鯨の目を射貫く。

「あなたはそんな姿をしているけど、報復に取り憑《つ》かれた人間の闇そのものよ！」

鯨――一郎彦の眼の狂気の色が露《あら》わになる。鯨は漂うのを止め、楓に向かって落下を始めた。

「誰だってみんな等しく闇を持ってる。蓮くんだって抱えてる。私だって！」

楓は震えながらも、自分を鼓舞するように呟《つぶや》く。「……私だって、抱えたまま今も

「一生懸命もがいてる」

下顎に並ぶ鋭い歯。口の奥の暗い闇をちらつかせ、脅してくる。一度入ったら絶対に抜け出せないような深淵《しんえん》を見せつけ、屈服するようにと誘ってくる。

だが楓はそれらをきっぱりと撥《は》ね返した。

「だから、簡単に闇に呑《の》み込まれたあなたなんかに、蓮くんが負けるわけない――」

たった一つの武器――強い意志の力を、叩《たた》きつけるように叫んだ。

「私たちが負けるわけないんだから！」

鯨の口の奥の暗い闇が、楓を飲み込もうとしていた。その直前、俺は楓の肩を摑《つか》むと、思い切り後方に飛び退いた。

鯨が「着水」した激しい衝撃に、俺たちは小石のように撥ね飛ばされた。俺は楓を両腕でガードしたまま宙に浮き、石畳に何度も叩きつけられながら激しく回転した。

楓の無事を確かめると、俺は身を低くしてひとり鯨へと向かった。

「蓮くん！」

と楓の呼び止める声が背後に響く。が、これ以上彼女を危険に晒《さら》すことはできない。

俺は追い詰められていた。覚悟を決めなければならない。一刻の猶予もない。あらかじめ地下鉄で考えていた方法を試すしかない。

もう仕方ない――。

太刀袋から剣を取り出して立ち止まると、

「一郎彦！　見ろ！」

叫ぶや否や、胸の穴を開放させた。

それに呼び寄せられるように一郎彦が歩道にヒュンと現れ、続いて目の前に光の粒の飛沫《ひまつ》があがった。その中から鯨は、水上を偵察《スパイホップ》するように、頭の部分だけを現した。

俺は太刀を高々と上げ、頭上で鯉口を切った。

「お前の闇を全部取り込んでやる！」

鯨が近づくとともに、光の粒子が風に乗って巻き上がる。

「キュッ！」

チコが首元から出て来て、さっきのように俺を制止しようとする。だが、粒子の激しい怒濤《どとう》に、小さな体はなすすべなく飛ばされてしまった。前に出た楓が、チコを両手でキャッチしてくれなければ、どこかへはぐれてしまったかもしれない。

楓は、ハッと気づく。「蓮くん……。まさか⁉」

鯨は、俺の胸の穴に引き寄せられるように近付いてくる。俺は頭上にかざした剣を一気に引き抜いた。この胸にあいつを取り込んだら、この剣を突き立ててやる。

「俺と一緒に、消えてなくなれ！」

巻き上がる風の向こうで、楓の懸命に叫ぶ声が聞こえた。

「蓮くん！　負けちゃダメだよ！」

そのとき。

「九太！」

誰かが強く呼ぶ声が聞こえ、俺はハッと見上げた。

天空の一点が瞬間キラリと輝くと、「何か」が猛烈な速度で降って来た。

ガツッ、と、俺と鯨のあいだを切り裂くように割って入り、大振動とともに地面に突き立った。

瞬間――。

ギャアアァァァ、とその「何か」の放つ強烈な炎の光に悲鳴をあげた鯨は、気圧《けお》されるように退《しりぞ》いていった。

俺は、一体何が起こったのか、まるで状況をつかめなかった。

だが、目の前に突き刺さった背丈ほどもあるそれが、何かってことだけは、はっきりとわかる。

熊徹の大太刀だ。

「これは……あいつの……？」

鞘《さや》に収まったまま、猛烈な光と凄まじい炎を放っている。

しかしなぜ、熊徹の大太刀が……？

「九太！　そいつは熊徹だ」

「付喪神《つくもがみ》に転生して、その大太刀に姿を変えたのだ」

多々さんと百さんだった。いつのまにか代々木体育館の屋根から見下ろしている。

俺には二人の言っていることが、すぐには飲み込めなかった。

付喪神？　転生？　じゃあ——、

「これが……あいつ……？」

でもなんで熊徹が剣なんかに……？

「あいつ、お前の胸ん中の剣になるんだとよ」

「胸の中の剣……？」

柄《つか》も鞘も傷だらけでヨレヨレの使い古された剣は、突き刺さった石畳からひとりでに宙に浮き上がると、俺の胸に柄を向けた。強い光と炎を放ちながら、俺の胸の穴を埋めるようにゆっくりと入っていく。

空っぽの俺の胸を、剣の分だけ埋めようというのか？　人間だけにあるという胸の闇を、その炎で照らそうというのか？

そのとき——、ずっと昔の熊徹の姿がダブって見えた。

＊

「あるだろ、胸ん中の剣が！」

はそっぽを向いて、熊徹の言うことを聞こうともしなかったっけ。

9歳の俺に、熊徹は自分の胸を何度も叩いて切実に訴えていたことを。そのとき俺はそっぽを向いて、熊徹の言うことを聞こうともしなかったっけ。

＊

「よお！　おめえ本当に来たのかい？　へへ、見込んだ通りだぜ。ますます気に入った！」

夜中の露店で、酒瓶を手に満面の笑みでのっしのっしとやってきた熊徹を、はっきり覚えている。あのとき初めて俺のことを「弟子」と呼んだんだ。

＊

「九……？　へへ。じゃあおめえは今から『九太』だ」

散らかり放題の小屋でソファにもたれ、満足げにニンマリと笑った熊徹の顔を、昨日のことのように思い出す。俺はあの時から「九太」になったんだ。

＊

「よし九太！　しっかり鍛えてやるから覚悟しとけ！　ワハハハハハ！」

熊徹は、猪王山にズタボロにやられて傷だらけのくせして、笑っていた。あの時の俺は、何がそんなに可笑《おか》しいのかさっぱりわからなかった。

だが今ならわかる。

熊徹は、ただ素直に嬉《うれ》しかったんだ。きっと。

＊

剣を納め、胸の穴が閉じていく。胸全体がじんわりと温かく感じる。

ハハハハハ、と熊徹の笑う顔が、頭の中でゆっくり消えていく。

転生したということは、熊徹に、もう二度と会えないということなのだろうか？　一緒に稽古《けいこ》できないのか？　飯ももう食えないのか？　そう思った時、胸が締め付けられた。俺の目に涙の粒が膨らんで、ポロポロとこぼれ落ちた。雫《しずく》が次から次へと落ち続けた。熊徹が中へ消えてしまった胸を、自分で押し抱いた。

と、そのときだ。

「九太！」

いきなり聞き覚えのあるしゃがれ声がした。

「何泣いてんだバカヤロウ！」

え？　どこから聞こえるんだ？

「メソメソしてる奴はキライなんだよ！」

胸の中だ。

胸の中から、その声は響いてきた。

熊徹――。

俺は唖然《あぜん》としてしまって、しばらく何も言えなかった。

だが、激しく頭を振って涙を飛ばすと、自分の胸に向かって思い切り怒鳴った。

「うるせえ、泣いてねえよ！」

ハッと顔を上げると、面前に鯨が迫っていた。再度、俺を狙ってくるが、その直前、自分の胸が、黄金の色に激しく輝くのを見た。バチイイッッと、凄《すさ》まじい音がして、鯨を強烈な力で撥ね返した。

胸の中の熊徹が、付喪神として、闇を跳ね返したのだ。

「？　？　？　？」

鯨の姿が解けた一郎彦は、はるか遠くまで弾き飛ばされていた。何が起こったかわからず、混乱しているようだった。

俺は、自分の剣を拾い上げると、一旦《いったん》鞘に納めた。

熊徹が胸の中から怒鳴る。

「決着をつけるぞ！　氣を溜《た》めろ！」

多々さんと百さんは、俺たちの戦いを見守っている。

「九太……」

そして楓も。チコも。

「蓮くん……」

一郎彦が一瞬消え、その場所から再び鯨が跳躍した。ドオオオンン、と巨大な音とともに大量の粒が弾ける。鯨は、渋谷の空に猛《たけ》り狂うように跳躍して、こちらを威嚇してくる。

「まだだ！　もっと鋭く研ぎすませ！」

俺は剣を持った手を前に突き出したまま、チャンスを待っていた。

ドオオンンッ、と鯨は再び高々と巨体を躍らせる。

地面から出現するたびに、距離を縮めてくる。こちらがおののいて逃げ出すのを待ち構えているように空中に跳ね上がる。

俺はあることに気が付いた。

（……あれは……？）

弾ける光の粒の向こうに、一郎彦の姿が垣間《かいま》見える。

（鯨が出現する直前、必ず一郎彦が姿を現す。ならば……）

確信すると、右手で柄を握り剣を腰にあて体勢を低く落とす。熊徹に教わった、居合抜刀術の構え。

「ただ一点を見極めろ！　そこを迷わず狙い撃て！」

胸の中から熊徹の声が響く。

俺は、深い集中の状態に入った。次に奴が現れる場所とタイミングを見切るために。

ドオオンンッッ。

——まだだ。

ドオオオッッッ。

——まだ……。

そして、ある瞬間を俺は選んだ。

——ここ！

ほとんど同時に胸の中からしゃがれ声がした。

「今だ、行けえええっ！」

俺は一気に地面を蹴《け》って跳ねた。

「ううおおおおっ！」

見渡すかぎり光の粒が充満する空間を、猛烈な速度で突き進んだ。

親指で鯉口を切った。鞘から少しずつ姿を現す刃が、眩《まぶ》しい光を放つ。

胸の中の熊徹の大太刀も抜き身を現してゆくのを感じる。刃から紅蓮《ぐれん》の炎が激しく吹き出す。

突き進むその先に、一郎彦が出現した。

「!?」

一郎彦の顔面を覆う猪の顔は、出会い頭にたじろぎ、おののいていた。

ドンピシャ。

俺は、はっきりと狙いを定めた。

「おおおおおおっっ！」

今までにない爆発的な速度で、鞘《さや》から剣を抜き放った。

熊徹も大太刀を抜き放つ――。

白刃一閃《いっせん》。

二本の剣が、闇を斬り裂いた。

俺は振り切ったまま、ザッ、と停止した。

剣を受けた一郎彦は、茫然《ぼうぜん》自失のまま漂う。

一瞬の間ののち、光る鯨は代々木第一体育館の上空に跳ね上がった。今までにないほどの大量の粒子が、荒れ狂う火山の噴火のように撒《ま》き散らされた。

空中で苦しそうに身をよじらせる牙《きば》の生えた鯨の姿が、不安定に明滅を繰り返している。悲鳴にも似た不気味な咆哮《ほうこう》が体育館の屋根を震わせた。
オ　オ　オ　オ　ォ　ォ　ォ……。
長く尾をひく調子っぱずれな奇声が、断末魔のように最後の高まりを迎え、それから徐々に弱々しく、か細くなっていった。巨体は再び「着水」することなく、渋谷の夜の空に滲《にじ》むように溶けて消えた。あれだけ大量に撒き散らされた光の粒の、最後のひとつが消えて、何事もなかったかのように、静寂が戻った。

「……やった、か？」

体育館の屋根で見届けた多々さんは、絞り出すように呟《つぶや》いた。百さんは緊張を崩さないまま見下ろした。

「いや……」

俺は立ち上がって大きく息を吸い込み、剣を鞘に納めた。

振り返ると、石畳の上に気を失った一郎彦が倒れていた。

「ニ　ン　ゲ　ン　……　ノ　……　ク　セ　ニ　……」

眠り続ける一郎彦の顔を、俺は見た。

その白い肌や、細い腕や、長いまつ毛は、今まで命をかけて激しく切り結んでいた相手とはとても思えない。

一郎彦は自分が何者かわからず苦しんでいた。バケモノなのか、それとも人間なのか。バケモノに憧《あこが》れてバケモノになれず、人間でありながら人間を憎んだ。そして混乱して暴走した。

俺たちはバケモノじゃない。あの美しいバケモノにはなれない。自らを呪い胸の闇にもがく、ひ弱な人間にしかすぎない。

ただし、たったひとつ言えることがあるとすれば、俺たちは共に人間でありながら、バケモノの中で暮らし、バケモノに育ててもらった。

つまり、バケモノの子だ。

そのことを今、俺はとても誇らしいと思うんだ。

＊

『……気を失った一郎彦は、私と多々良で抱き起こして、渋天街に連れ帰った。宗師の庵《いおり》が一時的に引き取りしばらく安静にさせることになった。今後どうするかについては、後ほど宗師さまが元老院と話し合うということだった。

宗師の庵の特別にしつらえられた寝室で、一郎彦は眠り続けた。明け方近くになって窓の外が白み始めた。

やがて一郎彦は、花が開くように目を覚ました。

「……？……ここは一体、どこだ？」

天蓋《てんがい》レースに包まれた大型のベッドで一郎彦は半身を起こした。いつの間にか着せられていた純白のシルクパジャマ。地層のような意匠の壁面。白いシーツ。花のにおい。石鹸《せっけん》の香り。一郎彦は見知らぬ場所に戸惑いを隠せなかった。

と、ベッドの足元に伏せて眠る猪王山たちを発見した。

「父上、母上……二郎丸……」

家族は一晩中寄り添い、そのまま眠ってしまったのだった。そのことを本人はまだ知らぬまま、ひとりごとのように呟いた。

「僕は今まで何をして……。確か闘技場にみんなと行って……」

そのあとのことを思い出そうとしたが、どうしても思い出せなかった。

ふと、何かに気付いた。

いつのまにか右の手首に、赤い紐《ひも》が巻かれている。

それには一郎彦は、はっきりと見覚えがあった。

「これは……九太の……？」

不思議そうに、手首の紐を見た。

それを結んだのはもちろん、九太だった。九太はかつて楓から結んでもらった。もし危ないと思ったり追い詰められてしまったらこれを見て思い出し自分を律して欲しい、と彼女は願ったそうだ。同じことを九太は一郎彦に願った。楓から受け継がれたバトンを、一郎彦に手渡したのだった。

外が明るくなってきた。夜明けが近かった。

同じ頃、早朝の渋谷の街を見わたす場所に、九太は座っていた。

たったひとり胸に手を当てていた。

いいや、正確には二人だ。胸の中の熊徹と二人っきりで話していたのだ。

「いいか九太。オレはこうだと一旦《いったん》決めたら、それ以上曲げねえ性分だ」

「フフ。わかってるよ」

「フラフラ迷ってると、胸ん中からぶっ飛ばすぞ」

「うるせえ。もう、迷わねえよ」

「そうこなくっちゃな」

「俺のやることを、そこで黙って見てろ」

「おう。見せてもらおうじゃねえか」

熊徹は歯を見せてニシシ、と笑った。

九太も、フフフ、と笑った。

二人は、ただ笑いあった。

熊徹は確かに転生した。実体を失うかわりに、剣に姿を変えて九太の胸の中に納まった。バケモノなら誰もが羨《うらや》む立派な神様になったのだ。なのにこの二人の会話はどうだ。昔とちっとも違わない。

神様になっても、熊徹は熊徹だった。

九太はそのことをよくわかっている。

高層ビルのあいだから、新しい朝日が姿を見せた。九太は胸から手を離して立ち上がった。朝日が眩《まぶ》しく九太を照らした。

その背中は、今までの九太とまるで違う。

九太は今までの九太ではない。

成長し変化し続ける逞《たくま》しい姿に、私には思える……』


『……ところで、今回の一連の出来事について、人間の世界じゃどう受け止められたか。駅前のでっかいモニターで、黒焦げになった鉄道の高架を映しながら、こんな風に報道してたぜ。

「昨夜、東京渋谷の中心で、大型トレーラーの暴走による爆発事故が起こりました。転倒するなどの軽傷者多数。ですが運転手を含め、重傷者は奇跡的にいませんでした。警察は、トレーラーの運転手から事情を聞き、捜査を進めています。なお、事故の前に、鯨に似た大きな影を見た、という証言が多数寄せられましたが、防犯カメラの映像には何も映っておらず、詳細は不明のままです……」

だとよ。

これを聞いておれは、ゲラゲラ笑っちまったぜ。
まったく人間とは、不思議な生き物だな、おい。
てめえの目で見たまんまのことを、まるで信じようとしねえんだからさ……』

エピローグ

『……雲一つない清々《すがすが》しい夏空に、紙吹雪が舞う。

広場に集まった大勢のバケモノたちが歓声を上げて、九太を迎えた。

昨夜、不気味な振動の原因である巨大な鯨を九太が見事に退治した話は、翌朝にはすでに渋天街じゅうを駆け巡っていて、街を救った九太を讃《たた》える声があちこちで沸き起こった。宗師さまは、暴走した人間（一郎彦）の闇を、同じ闇を持つ人間の九太が封じたことを高く評価し、元老院は満場一致で九太のために祝宴を開くことを決めた。宴《うたげ》の準備はすでに整っていた。実は街のデコレーションや宴席のごちそうなどは新しく決まるはずの宗師を祝うために用意されたものだったが、それをそのまま流用すればよかったのだ。

渋天街に戻ってきた九太は、「今日の午後からお前を祝う会を開催する」と告げられてひどく面食らっていたが、本来は熊徹を祝う宴のはずだったが奴は転生してしまいこのままでは無駄になりもったいない、代わりに弟子のお前が引き受ける義務があると、妙な理屈で宗師さまに言いくるめられ、仕方なくパレードをする羽目になってしまった。しかし街を救ってくれたと感謝するバケモノたちの声にはちゃんと応《こた》えなければならない。歓迎するバケモノたちの中を、九太は照れてはにかんだ表情を見せながら歩いた。

太刀を肩に担いだその晴れがましい姿を、私と多々良は鼻高々で見た。

九太を憧《あこが》れのように見るはなたれ弟子たちに、私は教えてやった。

「よおく見ろ。あの九太も、最初はただのひ弱な子供だったんだ」

弟子たちは期待に目を輝かせて盛り上がった。

多々良は続ける。「つまり、だ。おめえたちはなたれのバケモノだって、毎日の修行に精を出せば、そのうちいつかは一人前になる……」

「かもしれない」

「かも、な」

断言はできない。流石に。

期待をくじかれた弟子たちは、うんざりした目で私たちを見た。

だがまあ要するに、へこたれても腐らずにがんばれ、ということだ。

な？　そうだろう？　多々良』

『ま、そういうことだな。

ところで実はな、この宴のつい直前まで、宗師さまと議員たちによる長い話し合いが行われていたんだ。他でもねえ。一郎彦の今後についてさ。

闇を宿らせる人間は災いをもたらすためバケモノ世界に入れてはならないというのが昔からの通念で、それに照らせば一郎彦は人間の世界へ帰すべきだった。しかし他方、九太は人間でありながらバケモノの世界で長年育ち、闇を克服し、さらに一郎彦の闇とも戦った。今では九太は渋天街に受け入れられた存在だ。バケモノの世界が人間を拒絶する理由は九太の例からすでに成り立たなかった。

結果的に、一郎彦は猪王山の息子としてやり直すことを元老院は承認した。一郎彦を今までバケモノの子と偽って育てた猪王山の責任は、今後一郎彦をしっかりとした大人に育て上げることで果たすことになった。猪王山は涙を流して再出発を誓ったって話だ。

会議を終えた宗師さまはバルコニーに出て、広場の中心にいる九太の姿を見た。来賓の賢者たちは、すでに祝いの杯を片手に酔っ払っていた。

「街もそれほど壊れずに済んだし」

「一郎彦も猪王山と再びやり直すことになったし」

「丸く収まったのう」

「いや、しかし」

宗師さまはうなだれた。「神に転生するせっかくのチャンスを、熊徹のせいでふいにしてしもうた。また宗師の職に逆戻りじゃ」

と、ため息をついてぼやいた。

「まあまあ。今日は九太を祝う宴じゃ」

そのとき、広場のバケモノたちからどよめきが起こった。

「……おお？　あれを見よ」

と、宗師さまはどよめきの中心にいる小さな人影を見た。「あの少女もまた、九太を支えた者のひとりじゃ」

あの少女、ってのは、水色のノースリーブシャツに白のロングスカート姿の、楓ちゃんだった。

「楓……。どうしてここに？」

九太はびっくりした顔で楓ちゃんを見た。

楓ちゃんは微笑みながら、九太の元へ歩いていった。

「フフフ。お呼ばれしちゃった」

実はな、へへへ。楓ちゃんを渋天街に呼んだのは、何を隠そうこの多々良さまよ。

楓ちゃんとおれは代々木体育館で一緒に九太を応援した仲だろ？　九太を祝う宴にゃ絶対にいなきゃいけない重要人物に違《ちげ》えねえってわけさ。

楓ちゃんは後ろ手に持った『白鯨』をパッと九太に差し出した。

「これっ！　途中で落としちゃって、探すのに苦労したんだ。はい、返す」

九太は笑顔で受け取る。

「……ありがとう」

続けて楓ちゃんは、もうひとつの書類をパッと出す。

「それとこれっ！　高認の出願書類。どうする？　まだ受ける気ある？」

ニコニコした笑顔を向けた。

九太はちょっと照れたようにうつむいて首を掻《か》いた。

すぐには答えなかった。

「どうするか、蓮くんが選ぶんだよ」

楓ちゃんは返事を待った。

その意味はつまりこういうことだ。

渋天街で生きていくか、それとも人間の世界で生きていくか。自分自身で選ぶんだ、
ってことだ。

九太は、充分に考えたように長い間を取ったあと、

「受ける」

と、短く返事した。

「──やったあ！」

楓ちゃんは瞳《ひとみ》を輝かせて両手を大きく広げて、九太の手を取って握りしめた。

「そうだと思ってたんだ！　一緒にがんばろっ！」

「うん」

そのとき、

「花火上げるぞー！」

と、人垣の向こうで花火職人の声がして、広場のバケモノたちは、おおおっとどよめいた。

丘の上から一斉に花火があがった。

澄んだ夕方の空に、色とりどりの光の輪が広がった。

楓ちゃんは、キラキラした瞳で見上げた。

九太もサバサバした笑顔で見上げた。

バケモノたちの誰もが、晴れ晴れとした気持ちで見上げた。

その花火をきっかけに、宴は、夜が更けるほど大いに盛り上がったってわけさ……

……』

『……九太は、人間の世界へ還《かえ》っていった。

あいつはいまどうしているか、おまえたち、気になるだろう？

実は一度、あいつの様子をこっそり見に行ったことがある。

夕方の商店街で、九太と九太の父親が待ち合わせをしていた。仕事帰りの父親は人ごみの中に九太を見つけると、手を上げて笑顔で合図した。九太は苦笑で応えると、両手いっぱいのスーパーの買い物袋を持ち上げて見せた。マンションへ帰る道すがら、自転車を引きながらふたりとも楽しそうに話して笑っていたよ。帰宅するとベランダに出て、洗濯物を協力して取り込むほほえましい姿も見た。

九太は、晴れて父親と一緒に暮らし始めたんだ。

私はそれを見届けることができて、胸をなでおろすと同時に、大きな満足感に満たされた。

今は受験勉強で、毎日を忙しく過ごしているようだ。

九太のことは、楓ちゃんがしっかりついていてくれるし、亡くなった九太のお母さんだって、きっと遠くで見守っていることだろう。

「キュッ！」

いや。

案外、すぐそばで見守っているのかもしれないな……』

『……これで、おれたちの知っている、九太の話はしめえだ。

どうだいおめえら？　聞きたかった話が聞けて満足かい？　おお、そりゃあよかったな。じゃあせいぜいここで学んだことを、おめえたちの剣の修行に役立てるがいいや。

あ？　最後にもうひとつだけ聞きたいって？

九太は剣士をやめたのかって？』

『確かに、あれから九太は、二度と剣を持つことはなくなった』

『だがな、おれに言わせりゃ、誰よりも強《つえ》え剣士だ』

『そう、胸の中に熊徹という剣を持つ、唯一の剣士だ』

『あいつならこれからどんだけしんどいことがあったって、必ず成し遂げるだろうよ』

『これから人間の世界でどんな活躍を見せるか』

『まったく楽しみな野郎だぜ。

……な？　おめえらも、そう思うだろ？』

（了）

参考文献

中島敦「悟浄出世」（岩波文庫『山月記・李陵 他九篇』収録）

また、p. 8の賢人の言葉は右記の同書より引用しました。

本書は書き下ろしです。

人生に何度でも
初体験を。
7/11(土)公開　細田守監督　最新作

バケモノの子《こ》

細田《ほそだ》 守《まもる》

平成27年 6月25日　初版発行
平成27年 8月5日　5版発行

発行者●郡司 聡

発行●株式会社KADOKAWA
〒102-8177　東京都千代田区富士見2-13-3
電話 03-3238-8521（カスタマーサポート）
http://www.kadokawa.co.jp/

角川文庫 19230

印刷所●株式会社暁印刷　製本所●株式会社ビルディング・ブックセンター

表紙画●和田三造

ISBN978-4-04-103000-4　C0193

角川文庫発刊に際して

角　川　源　義

第二次世界大戦の敗北は、軍事力の敗北であった以上に、私たちの若い文化力の敗退であった。私たちの文化が戦争に対して如何に無力であり、単なるあだ花に過ぎなかったかを、私たちは身を以て体験し痛感した。西洋近代文化の摂取にとって、明治以後八十年の歳月は決して短かすぎたとは言えない。にもかかわらず、近代文化の伝統を確立し、自由な批判と柔軟な良識に富む文化層として自らを形成することに私たちは失敗して来た。そしてこれは、各層への文化の普及滲透を任務とする出版人の責任でもあった。

一九四五年以来、私たちは再び振出しに戻り、第一歩から踏み出すことを余儀なくされた。これは大きな不幸ではあるが、反面、これまでの混沌・未熟・歪曲の中にあった我が国の文化に秩序と確たる基礎を齎らすためには絶好の機会でもある。角川書店は、このような祖国の文化的危機にあたり、微力をも顧みず再建の礎石たるべき抱負と決意とをもって出発したが、ここに創立以来の念願を果すべく角川文庫を発刊する。これまで刊行されたあらゆる全集叢書文庫類の長所と短所とを検討し、古今東西の不朽の典籍を、良心的編集のもとに、廉価に、そして書架にふさわしい美本として、多くのひとびとに提供しようとする。しかし私たちは徒らに百科全書的な知識のジレッタントを作ることを目的とせず、あくまで祖国の文化に秩序と再建への道を示し、この文庫を角川書店の栄ある事業として、今後永久に継続発展せしめ、学芸と教養との殿堂として大成せんことを期したい。多くの読書子の愛情ある忠言と支持とによって、この希望と抱負とを完遂せしめられんことを願う。

一九四九年五月三日

角川文庫ベストセラー

時をかける少女〈新装版〉　筒井康隆

放課後の実験室、壊れた試験管の液体からただよう甘い香り。このにおいを、わたしは知っている——思春期の少女が体験した不思議な世界と、あまく切ない想いを描く。時をこえて愛され続ける、永遠の物語！

サマーウォーズ　岩井恭平

数学しか取り柄がない高校生の健二は、憧れの先輩・夏希に、婚約者のふりをするバイトを依頼される。一緒に向かった先輩の実家は田舎の大家族で!?新しい家族の絆を描く熱くてやさしい夏の物語。

漫画版　サマーウォーズ(上)(下)　原作／細田　守　漫画／杉基イクラ　キャラクター原案／貞本義行

高校2年の夏、健二は憧れの先輩・夏希にバイトを頼まれ、彼女の曾祖母の家に行くことに。そこで待ち受けていたのは、大勢のご親戚と、仮想世界発の大パニック！　細田守監督の大ヒットアニメのコミック版。

おおかみこどもの雨と雪　細田　守

ある日、大学生の花は〝おおかみおとこ〟に恋をした。2人は愛しあい、2つの命を授かる。そして彼との悲しい別れ——。1人になった花は2人の子供、雪と雨を田舎で育てることに。細田守初の書下し小説。

きみが見つける物語　十代のための新名作　スクール編　編／角川文庫編集部

小説には、毎日を輝かせる鍵がある。読者と選んだ好評アンソロジーシリーズ。スクール編には、あさのあつこ、恩田陸、加納朋子、北村薫、豊島ミホ、はやみねかおる、村上春樹の短編を収録。

角川文庫ベストセラー

きみが見つける物語　十代のための新名作　放課後編

編／角川文庫編集部

学校から一歩足を踏み出せば、そこには日常のささやかな謎や冒険が待ち受けている——。読者と選んだ好評アンソロジーシリーズ。放課後編には、浅田次郎、石田衣良、橋本紡、星新一、宮部みゆきの短編を収録。

きみが見つける物語　十代のための新名作　休日編

編／角川文庫編集部

とびっきりの解放感で校門を飛び出す。この瞬間は嫌なこともすべて忘れて……読者と選んだ好評アンソロジーシリーズ。休日編には角田光代、恒川光太郎、万城目学、森絵都、米澤穂信の傑作短編を収録。

きみが見つける物語　十代のための新名作　友情編

編／角川文庫編集部

ちょっとしたきっかけで近づいたり、大嫌いになったり。友達、親友、ライバル——。読者と選んだ好評アンソロジー。友情編には、坂木司、佐藤多佳子、重松清、朱川湊人、よしもとばななの傑作短編を収録。

天地明察　(上)(下)

冲方　丁

4代将軍家綱の治世、日本独自の暦を作る事業が立ち上がる。当時の暦は正確さを失いずれが生じ始めていた——。日本文化を変えた大計画を個の成長物語として瑞々しく重厚に描く時代小説！　第7回本屋大賞受賞作。

今夜は眠れない

宮部みゆき

中学一年でサッカー部の僕、両親は結婚15年目、ごく普通の平和な我が家に、謎の人物が5億もの財産を母さんに遺贈したことで、生活が一変。家族の絆を取り戻すため、僕は親友の島崎と、真相究明に乗り出す。

角川文庫ベストセラー

いつかパラソルの下で　森　絵　都

厳格な父の教育に嫌気がさし、成人を機に家を飛び出していた柏原野々。その父も亡くなり、四十九日の法要を迎えようとしていたころ、生前の父と関係があったという女性から連絡が入り……。

リズム　森　絵　都

中学一年生のさゆきは、近所に住んでいるいとこの真ちゃんが小さい頃から大好きだった。ある日、さゆきは真ちゃんの両親が離婚するかもしれないという話を聞き……講談社児童文学新人賞受賞のデビュー作！

四畳半神話大系　森見登美彦

私は冴えない大学3回生。バラ色のキャンパスライフを想像していたのに、現実はほど遠い。できれば1回生に戻ってやり直したい！　4つの並行世界で繰り広げられる、おかしくもほろ苦い青春ストーリー。

夜は短し歩けよ乙女　森見登美彦

黒髪の乙女にひそかに想いを寄せる先輩は、京都のいたるところで彼女の姿を追い求めた。二人を待ち受ける珍事件の数々、そして運命の大転回。山本周五郎賞受賞、本屋大賞2位、恋愛ファンタジーの大傑作！

ペンギン・ハイウェイ　森見登美彦

小学4年生のぼくが住む郊外の町に突然ペンギンたちが現れた。この事件に歯科医院のお姉さんが関わっていることを知ったぼくは、その謎を研究することにした。未知と出会うことの驚きに満ちた長編小説。